# 焔の舞姫

藤宮彩貴

富士見L文庫

目次

# 一章　こじか

「また油をこぼしたのかい、こじか。館《たち》で使う油は安くないんだよ」

こじかは、脇殿そばに建つ蔵の前でへたり込み、使用人頭のアケノに叱られていた。

ぐいっと、髪をつかまれて顔を覗《のぞ》き込まれた。額に皺《しわ》を寄せつつ、アケノはひどく怒っている。

なのに、アケノの背後にある真っ青な空と白い雲の対比に、こじかは心を奪われた。

痛いほどに強い陽射《ひざ》しが照りつけてくる。まぶしくて思わず目を細めた。空に浮かんでいる雲がゆっくりと動く。汗なのか湿気なのか、まとわりつくような熱気を振り払いたくなるほど蒸し暑いものの、雨が降りそうな気配はない。

淡海国司《おうみのこくし》が住んでいる、館の屋根は陽を受けて輝き、建物は大きな影をくっきりと落としている。夏の午下《ひる》がりはまだ長い。

「ちょっとあんた、聞いてんのかい？　今日は都からお客があって、特に忙しいのに」

耳もとで叫ばれてこじかは我に返った。急いで謝る。

「ご、ごめんなさい。ぼんやりしていました」

夏の広い空に見とれてしまいました、とは言えない。

「やれやれ、親なし子の面倒を見てやっている身にもなっておくれ」

つかまれていた髪から、急にアケノの手が放れた。再び、こじかは地に伏せた。細かい砂や土が、顔に張りついた。ざらざらして気持ち悪いけれど、拭《ぬぐ》うことができない。

淡海《うみ》に流れ込んでいる、川の上を渡る風が、わずかに頰を撫《な》でてくれた。庭のほうからは、刈り取られた草や土の匂いがする。館の見映えを少しでもよくするために、伸びてしまった雑草をいっせいに引っこ抜いているせいだ。せわしない蟬の鳴き声は、こびりつくように耳奥まで届く。

大きな湖を有する、淡海国《おうみのくに》。湖の、南のほとりには、役所を中心とする国庁が建っている。碁盤目状に大路小路《こうじ》が整備され、小さいけれども都に似ているらしい。

国庁をいったん抜ければ田が広がっている、豊かな水と緑に囲まれた土地だという評判だった。

油の入っていた壺《つぼ》が転がり、あたりに中身がこぼれていた。砂地の上に、どろっとした液体が浮かんで光っている。

小柄な身をますます縮め、こじかは地面に額をこすりつけるようにしながら、アケノに対してひたすらひれ伏した。

顔や髪、衣が汚れてしまっても、気にしなかった。単衣《ひとえ》など、着たきりの襤褸《ぼろ》である。もとは、赤色の麻布だったのに日に焼けて、さらに何度も水にさらしたため、ぼけたように色褪《いろあ》せている。

鏡を見たことがない。自分の姿は盥《たらい》の水に映るとき、たまに見かけるぐらい。痩《や》せているとしか感じない。

だから、つけられた名が『こじか』。脚の細い、赤ちゃん仔鹿《こじか》。十四歳になるけれど、いまだにこじか。ほんとうの名前もあったようだが、誰も覚えていやしない。

こじかの身体《からだ》で、もっとも目立つのが、両脚に括《くく》りつけられた枷《かせ》のごとき重い砂袋。母が亡くなり、国司に任ぜられていた父が館から去ったときから、脚に砂袋をつけられて育った。奴婢《ぬひ》ではないが、軽々と動けない。

「申し訳ありません」

もう一度、こじかは謝った。その潔い態度さえも、アケノには気に入らない。

「謝って済むなら、はじめから怒ったりしないさ。まったく、あんたってやつは、おのれの立場を分かっているのかい。心が広くておやさしい今の国司さまは、身寄りのないあんたを、館に置いて使ってくださっているんだから。父母に捨てられた、親なし子の小汚いこじかをね」

端女《はしため》たちを仕切っている中年女のアケノは、特にこじかを目の敵にしていた。太った身体を左右に揺らしながら声を張り上げ、こじかのささいな失敗に対してもしつこく小言を繰る。

歳《とし》は四十手前のアケノ。長いこと、国司館で働く女たちをまとめ、絞り上げてきたので

アケノに反論できる端女はいない。館で働く官人たちも避けて通るほど、存在感がある。

ここで言い返そうものならば、アケノの説教はもっと長くなる。おとなしくするのが吉。

下働き暮らしの長いこじかは悟っていた。

「はい。じゅうぶん知っています」

「だったら、すぐに代わりの油を届けるんだ。今日は、都から高貴なお客さまがおいでになっている。ちらと垣間見《かいまみ》たけど、お若いのに随身を多く引き連れて、たいそうご立派なご様子だったよ」

自慢気に語っているものの、アケノは仕事をさぼって、お客人を見物に行ったのだ。

「そろそろ日が暮れるというのに、灯《あか》りがひとつもなかったら、宴《うたげ》もできやしない。どんな鄙《ひな》かと思われるじゃないか。ここは、淡海国の国府だよ。山城《やましろ》にある都から急いで歩け

ば、たったの一日しかかからない、大国なんだからね」

「はい」

こじかはますます頭を地にこすりつける。健気《けなげ》なふうを装いながらも、実はこじかは顔をしかめて奥歯を喰《く》いしばり、アケノに反抗していた。

意地悪なアケノ、大嫌い。あんた、けちだし、威張るから。館のみなに嫌われているよ。知らないのはあんただけだ。

心の中でそう唱えると、少しだけ胸がすっとした。

数日前から、館はあわただしかった。にわかに、都の使者が来るという一報が入り、準備に追われていた。地方役人を繰り返している現国司よりも、はるかに身分の高い頭中《とうのちゅう》将《じょう》が使者だったので、これは相当な知らせだろうと、館全体に緊張が高まった。

頭中将とは、帝《みかど》の側近である蔵人所《くろうどどころ》の長官を指す『蔵人頭《くろうどのとう》』と、近衛府《このえふ》の中将という、文武を兼ね備えた花形である。主に、良家の若者が任命される官職で、淡海を訪れる頭中将なる人物も右大臣の嫡男。いずれは、位人臣《くらいじんしん》を極めると噂《うわさ》されているようだ。

「分かったら、早いとこ動くんだ。新しい油を運べ。庭の篝火《かがりび》は、昼間のように明るくしたいそうだから、いい油がたくさん要る。脇殿の局《つぼね》からも、油をほしいと頼まれている。ぐずぐずしていたら、このあたしが叱られるじゃないか」

つまり、アケノはこじかに当たり散らしているだけだった。

「ものぐさをして、いっぺんに運ぶんじゃないよ！」

もちろん、こじかは丁寧に運んでいた。良質な油は貴重で高価。館では、主《あるじ》である国司の居室以外はほとんど使わない。

こじかは、油が、火が怖かった。炎を見ると、あの日の記憶がよみがえる。父と館を焼くために、母がつけたという火のことが。

油は、匂いさえも苦手なので、鼻と口もとを布で覆って頭の後ろで結んでいた。ふと、強めの風が吹いて布が飛んで行ってしまった瞬間に気が緩み、小石につまずいて転んでしまったのだ。言い訳はしない。悪いのは自分。

落ちている油壺をかかえ直す。中はカラだが壺そのものがずっしりとして重い。脚を引きずるようにして静かによろよろと歩きはじめたところ、こじかの先輩端女であるタツミが、蔵の前まで駆けてきて告げた。あちこち捜し回ったようで、はあはあと息が切れている。

「こんなところにいたのか。ねえ、アケノ。国司さまが、こじかをお呼びだそうだよ」

「こじかを？　なにかの間違いではないのかい」

振り返ったこじかに、アケノとタツミの視線が集まった。

こじかは、館の中へ連れて行かれた。こぼした油の始末をタツミに押しつけてしまったので、仕事に戻ったらしつこく厭味《いやみ》を言われるのかと思うだけで気が重い。

脇殿の土間に、盥《たらい》の水が用意してあった。

「さあ、脚を洗うんだよ。ぼけっとしてないで、早くしな」

アケノがこじかをせき立てる。こじかは言われるがまま、あわてて砂袋をおさえながら汚れた両脚を濯《すす》ぐ。水は、ひんやり冷たくて心地よいのに、砂袋が妨げとなってうまく洗えない。濡《ぬ》れると、さらに重くなるので厄介でしかない。

ふと、こじかが見上げると、アケノと官人が小声で話していた。どうやら、砂袋を取れと命じられているようだった。アケノの顔は渋い。

「仕方ないな。そいつは預かっておこう。でもいいかい、くれぐれも跳び回るんじゃないよ。みなが腰を抜かしてしまう。あんたは人が五歩で進むところを、一歩で跳んでしまうんだから」

強引に、アケノはこじかを座らせた。意見は許されない。

「あっちを向いて目を閉じな。袋の外し方は内緒だよ。ま、紐《ひも》の結び目は固いし、簡単には外せないけどね」

砂袋が外される。久々に軽くなった脚もとに、こじかはよろこんだ。砂袋を取ってみようと数回は試してみたが、一度も外せなかった。

跳んでしまいそうになる脚をおさえるのが、難しい。躍りそうになる心をおさえ、こじかは脚を洗い直した。

寝るときにも外せない砂袋のせいで、足首には痣《あざ》のような痕《あと》がついているが、気にしない。ためしに、数歩だけ歩いてみた。足首に、羽が生えたかのように、軽い。もう一歩、と踏み込んだところ、アケノにぎろりと睨《にら》まれて踏みとどまった。

「これに着替えるように」

館の官人より、見るからに高価そうな表着《うわぎ》と紐を差し出された。黙って受け取ったものの、腕をどのように通せばよいのかさえ分からない。きれいな緋色《ひいろ》と花模様だなと見とれてしまうだけだ。

「ああもう、じれったい子だね。貸しな」

こじかの様子を見かねたアケノが、こじかの身体に紐を使って表着をぎゅうぎゅうとくくりつける。苦しいが、黙っておく。

「あとは髪でも梳《と》かしたら、いくらか見られる形になるよ」

「そんな暇はない。着替えさせただけでもありがたく思え。ご使者さまがお待ちだ、さあ歩け」

こじかを急《せ》かそうとする官人に、アケノは食い下がる。

「ちょっとだけ待ちな。ほら、顔を」

アケノは自分の袖《そで》で、ほこりっぽいこじかの顔をごしごしと拭《ふ》いた。頬が突っ張る。痛かったけれど、こじかはひたすら我慢した。

ついでに、軽く髪を結ってくれた。肩にかかるほどの長さなので、うっとうしくならないよう、首の後ろでひとつにまとめ、紐できゅっとくくる。

「ありがとう。行ってきます」

「すぐ戻ってきな。仕事の残りが、たんまりとあるんだ」

こじかはアケノと別れ、国司館の奥へと進んでゆく。脇殿の渡殿から正殿に入る。こじかには、はじめて脚を踏み入れる場所だった。

いくつもの間があり、広くて、でもほんの少し肌寒く感じるのは、ひんやりと冷たい床のせいなのか。それとも緊張？　目新しくて、つい視線を動かしてしまう。

床板がまっすぐで、平らなことに驚いた。しかも、四隅に至るまで磨かれたように光っている。塵《ちり》ひとつ落ちていない。柱が太くて立派。天井も高く、屋内なのに明るい。香を焚《た》いているようで、あたりには花のようなかぐわしい匂いが満ちている。こじかが寝起きしている、端女たちの小屋とはえらい違いだった。なにしろ、あちらは床が波打っていて、虫も湧くし、じめじめしていて、人が多くて落ち着かない。

すれ違う官人が、横目でこじかを窺《うかが》う。

棒きれに近い体型の自分が、いつになくめかし込んでいるので、さぞかし奇妙に映っているに違いない。肩を縮こませ、俯《うつむ》いて歩くようにした。

案内の官人が、立ち止まった。

「こちらだ。国司さまのおことばがあるまで、頭は下げたままでいろ」

「は、はい。でも、国司さまって、私になんの用ですか。ご使者さまって？」

おそるおそる、こじかは聞いてみた。こわい。仕事はいやだが、早く戻りたい。まさか、日ごろの働きがよくなくて、叱られる？　館《たち》を追い出される？

おっほんと、咳払《せきばら》いをした官人は淡々と答えた。

「お前は知らなくてよいことだ。とにかく、失礼のないように。むだなことは、いっさいしゃべるな」

こじかはぶるっと全身を震わせ、しきりに頷《うなず》いた。

国司館正殿の大広間には、人が大勢集まっていた。こじかが入ると、いっせいに目という目がこじかに向かった。

黒い装束を身にまとった、身分の高そうな男性がずらりと並んでいる。たまに見かける国司の姿もある。ふだんはやたらとえばっているのに、下座で小さく丸まっていた。部屋の奥、一段高い場所には御簾《みす》が下りており、誰かがいる気配があるけれど、こじかの通された場所からは遠くて、窺い知れない。

指示されたように、こじかは座って頭を下げた。これ以上見ていたら怒られる。

「これが前《さきの》国司の娘にございます。母が死んだあと、館で働くようになりまして。ほら、頭を上げろ」

そう言われても、この衆人環視。ひとりで向き合う勇気は、なかなか出てこない。こじかがためらっていると、御簾の中より装束の滑る音がした。するすると、心地よい、絹の音。

誰かが、出てきた。

こじかの身体《からだ》はますます硬くなった。こじかの前で立ち止まった貴人の、着ている衣からは、よい香りがする。咲き誇る百花のごとき。

「そのままでよい。わたしは頭中将と言います。あなたに会いたくて、都から参りました。こんにちは、かわいい人」

涼やかな若い声。耳に心地よい。都の人など、熊のように怖《おそ》ろしい人かと想像していたので、この声の主が噂のご使者さまなのだと思うと、緊張がほどけてきた。

「こんにちは」

ゆっくりと、こじかは頭を上げた。

すぐ目の前に、驚くほど整った顔があった。黒い装束に、冠をかぶった青年が座っている。目が合うと、ほほ笑んでくれた。春の野に咲く花のごとき愛嬌《あいきょう》があふれている。こんなにうつくしい人を見たことがない。都の人はみな、こんなにきれいな顔なのだろうか。あるいは、会ったことのない父も。こじかもつられて笑顔になった。

「こじか！　頭中将さまに対して笑いかけるなど、無礼だぞ」

国司が叫んだ。

「よいのだ、淡海国司よ。しばらく、許しておくれ。あなたは、『こじか』というのかな」

「はい。館では、そう呼ばれています」

「珍しい名前ですね。でも、愛らしい名。歳《とし》はいくつになりますか」

そう言うと、頭中将という青年はまた明るく笑いかけてくれる。だいじょうぶだ、もう怖くない。こじかは安心した。

「十四です」

「ここは堅苦しいゆえ、庭に出ませんか。外で話をしましょう、ふたりで」

頭中将はこじかの手を取り、しっかりと握った。働きづめであかぎれがあり、ひび割れてがさついた、粗末な手を。頭中将の手は指一本一本、指先の爪までみごとに白い。日に焼けていないし、しみのひとつもない。短く切り揃《そろ》えられた爪も、貝のようにつややかでうつくしい。

こじかは貴公子とともに、廂《ひさし》へ出た。こじかはもちろん、誰も想像していなかった展開になり、館は困惑した雰囲気に包まれている。響くのは嘆息のみ。

引かれる手を気にするあまり、こじかは着慣れない衣の裾《すそ》を踏みつけてしまい、手を離した。そのまま、床の上にころりと転んだ。砂袋のない今だ、跳べばよかったけれど、力を使うなと言われている手前、自然にまかせて転ぶしかない。頭中将も手を差し伸べたが、間に合わなかった。

「だいじょうぶですか、こじかさま」

転んで痛いとか恥ずかしいということよりも、『こじかさま』と呼ばれたことにこじかは驚いた。こじかさま。そんなふうに言われたのは初めてだった。

「おかしいです、『こじかさま』なんて。どうか、こじかと呼んでください」

「では、こじか。痛いところはないですか」

「はい、だいじょうぶです」

「わたしがもっと早く、支えてあげればよかった。申し訳ありません」

しかも、このうつくしい青年は、こじかを心から心配してくれている。

「い、いいえ！　とうの……ちゅうじょうさまこそ、一緒に転ばなくてよかったです」

「この次は、お手を離さないで。転んだらすぐに抱き止めます。もしや、着ている衣の裾を踏んでしまいましたか」

「慣れていませんので。これ」

こじかは着ている衣を指差した。おとな用の表着なので、こじかには大きすぎる。

「なるほど、借り物でしたか。若いあなたの装束にしては、色も文様も年寄りじみているし、おかしいなと感じたのですよ。都から、いくつかおみやげを持って参りましたので、その中からあなたに布を差し上げましょう」

「そんな、受け取れません。私には、もったいないです」

「かわいいこじかには、うつくしい布が似合いますよ、きっと」

都人とは、お世辞もうまいものらしい。きらびやかなことばを聞き、思わずうっとりしてしまう。

庭へ出るため、頭中将は当然のように沓《くつ》を履く。革の沓だ。こじかに用意されている沓はもちろんない。ぺたぺたと裸足《はだし》で地を歩くこじかに、頭中将は目を丸くした。

「痛くないのですか」

こじかには、頭中将のことばの意味することが理解できない。脚を縛る沓こそ、窮屈そうなのに。

「心地よいですよ。さすがに冬は寒いですが、この時季に沓を履くなんてもったいないです」

装束の裾をたくしあげてこじかは答えた。やや浅黒い、細い棒のごとき脚が二本、まっすぐに伸びている。地面から生えているかのように。

「失礼ですが、足首は痣ですか？　なにかに締めつけられたかの痕。あなたは、奴婢《ぬひ》ではないと聞いていましたが」

「これは、その……私は動きが雑なので、いつもは重しのようなものを身につけています。御前では失礼に当たるかもしれませんし、今日は外してきました」

こじかのつたない説明では納得できないだろうが、気をつかってくれたのか、軽く頷いた頭中将は深入りしてこなかった。

「よし、わたしもやってみよう。おもしろそうだ」

いったんは履いた沓を蹴飛《けと》ばした頭中将は、袴《はかま》をたくしあげて乾いた砂っぽい地面に立った。何度も土を踏みしめて感触を確かめている。

「なるほど、意外といいものだね。硬いような、そうでもないような。ほどよくあたたかい。おもしろい。あなたに礼を述べなければ」

「いいえ。こんなこと、ふつうです」

裸足で歩く頭中将を見た従者が、あわてている。その多くは、けがでもしたらどうする、という心配だった。

「よいよい、落ちている石や木の枝は避《よ》ける。慣れているこじかに先導してもらう。あちらの池のほとりまで行きましょう。このように歩くのは初めてです」

頭中将はご機嫌の様子で、こじかの手を取った。

「あっちは、木の枝や小さな石もたくさん落ちていますので、気をつけて歩いてください、とうの、ちゅうじょうさま」

土に慣れていない頭中将の足裏は、皮がやわらかくておそらく剝《む》けやすいだろう。こじかは駆け出したい気持ちをおさえ、そろそろと歩きだした。

「わたしは、タケルと言います」

突然、頭中将は名乗った。

「頭中将は、わたしの官職名です。あなたの呼び名がこじかのように、わたしの名前はタケル。そう呼んでください」

「タケルさま。かしこまりました」

「いいえ、タケルです。『さま』は要りません」

頭中将、いやタケルは言い直した。

「……タケ、ル？」

「そうです、こじか」

ふたりは、庭の池のほとりに出た。昼の強い光を浴び、水面《みなも》がまぶしいぐらいにきらきらと輝いている。池から吹いてくる風がいくらか涼しい。大きな日陰を作っている里桜の木のもとに、ふたりは腰を下ろすことにした。

「そうだ、これを」

地面には短い草が生えているが土埃《つちぼこり》っぽく、高貴なタケルを座らせるにはふさわしくない。こじかは、ためらうことなく借り物の表着をぱっと脱いで広げ、敷いた。汚れないよう、気遣いをするこじかを見てタケルはほほ笑んだ。

「よいのですか」

「はい。それに、暑くて。このほうが私らしい」

貸された衣を脱いでしまえば、その下は身軽な、しかしくたびれた単衣《ひとえ》のみ。気楽な姿になったので、丁寧なことばもどこかへ飛んで行ってしまった。

「なるほど。猫をかぶっていたのですか」

「まあ、そんなところだ。私はただの下働き」

こじかは笑った。外に出て装束を脱いだとたん、気分が明るくなった。息を吸い込む。

「館《たち》の中にいるときよりも、よい顔をしていますね。あなたは前国司《さきの》の娘なのに、外の光がずっと似合う。……この桜、春にはさぞかし見事でしょうね」

とんとん、とタケルは桜の幹をたたくようにして、撫《な》でた。

「枝が折れてしまうのではないかと思うほど、花がたくさんつく。桜が咲くと、国司館では毎年、花見の宴《うたげ》をする。この夜ばかりは、近くの民も集まってそれはにぎやかに。散りぎわも潔くて、見事だよ。都にだって、これだけの桜はそうそうないはず。タケルにも見せたいぐらい」

熱く語るこじかに、タケルは同意した。

「今日はね、あなたにお話があって都より参りました。都で、父上である前淡海国司が、あなたを待っています。わたしと一緒に行きませんか」

都……父……待っている？　まさか。

「聞けば、あなたは父上と親子の対面を果たしていないとのこと。親子の名乗りを上げ、裳着《もぎ》のお式を執り行いましょう」

「裳着、とはなんだ？」

袖《そで》の中で、こじかはぎゅっと拳《こぶし》を作って握り締めた。

「女子の成人式のことですよ」

「私はこじかのままでいい。おとなになんて、なりたくない。私は淡海にいる。都にも興味がない」

考えてもいなかったことを次々と提案され、戸惑う。とにかく断る。手のひらに汗が浮いてきた。べたべたする。袖で拭《ふ》いて、もう一度握り直す。指先がとても冷たい。

「ですが、いつまでもこのままというわけには、いきますまい」

「いや。ほんとうに、このままでいいんだ……私を見てくれ」

こじかは跳んだ。

高く、高く跳んだ。

自分が異能の持ち主だということを見せ、驚かせるために。

近くの大きな岩を蹴ってさらに跳び上がると、天に届くのではないかと思うほどの高さで、くるくるくるりと三回転。ふわりと落ちてくるこじかの姿は羽根のごとく、まったく重みを感じさせない。大きな物音も立てなかった。

続けて、桜の枝の間をたくみにすり抜ける。次第に、勢いを速めて木の幹を蹴り、樹上まで駆け上がる。

タケルは息を吸うことも忘れたかのように、啞然《あぜん》としていた。跳ね回る少女の動きを目で追うのがやっとの様子。こじかはタケルの驚く顔がおもしろくて、久しぶりの解放感にも包まれ、思わず笑みがこぼれた。

そこからは、一気に降下する。

池の水面をするすると滑るように飛び、軽く跳ねて桜の下に戻った。

「見たか？　都では、きっと気味悪がられる、これでは」

こじかは辞退の意味を込めて丁寧に頭を下げた。諦《あきら》めてくれるだろうか。

しかし。

「なんとすばらしい。これは、理想の舞姫！」

期待とは反対に、賛辞を得てしまったこじかは、戸惑った。一方で、タケルは手をたたいてよろこんでいる。

「まい、ひめ？」

「ええ。わたしは舞姫を探しているのです。宮中で舞う、うつくしい姫君を。豊穣《ほうじょう》を祈り、疫病の流行を鎮めるため、神に舞を捧げる姫君の登場を帝《みかど》が強く願っておられます。

本年は我が右大臣家が、舞姫を出す役を仰せつかっています」

「私は姫などではない。こじかだ」

自分の振る舞いにより、話が妙な方向に進んでしまったので、こじかは強く否定した。

「わたしの父に、あなたを養女にするよう進言します。そうすれば、こじかは前国司の娘ではなく、右大臣家の養女。姫と呼ぶにふさわしいですよ。休暇を願い出て、淡海まで来たかいがありました」

「いやだ。姫なんて。ただの、こじかでいい」

「心延《こころば》えまで変える必要はありません。こじかはこじからしく振る舞って構いませんよ。未来の妹、さあ」

従者に囲まれたこじかは、自慢の跳びを見せるまでもなく、あっという間に取り押さえられ、正殿のさらに奥へと連れて行かれてしまった。こじかが知っている館の範囲は、ごく一部だった。行きたくもないのに、引きずられてゆく。

強引に湯浴《ゆあ》みをさせられ、髪を梳《くしけず》られ、先ほど貸し与えられた衣よりも、いっそう豪華なひと揃《そろ》いを用意されている。

いやがるこじかに装束を着付けているのは、正殿で暮らしている国司の妻付きの女房たち。いくら身軽なこじかでも、数人がかりでは身動きが取れない。

「苦しい。痛い。やめてくれ……じゃない、やめてください」

女房のひとりに激しく睨《にら》まれたこじかは、言い直した。

「これは御命令です。そなたは、都へ連れて帰るに足る娘なのか、見極めるための」

都になど、行きたくない。成人なんてしなくていい。自分と母を捨てた父になど、会いたくもない。ましてや、何とかの宮中行事のために、タケルの義妹……貴族の姫になるなんて。自分には関係ないのに。

「日焼けして乾燥した髪と肌、それに貧相な身体《からだ》つきは残念ですけれど、意外と顔立ちは悪くないわね」

「小柄で愛らしいし」

「一応、前国司さまの娘ですものねえ」

夏のさなかだというのに、こじかは新しい単衣の上に袴、濃淡のうつくしい紅の袙《あこめ》を数枚、さらに橘《たちばな》色の細長を重ねられている。都の姫君の正装のようだが、重くて暑くてかなわない。じっとしていても汗が吹き出た。こんな厚着、女房たちはよく耐えているものだと感心してしまう。

顔全体に白粉《おしろい》をはたかれて、こじかはむせ返った。唇には紅《べに》をさされた。はじめての化粧である。手鏡を渡されたが、そこには見たことがない自分がいた。

「この扮装《ふんそう》、いつまで続ければいいんだ」

滑稽《こっけい》でしかない。鏡に映っているのは、ただの作りもの、まがいもの。似合わないどころではない。吐き気がする。鹿の仔《こ》風情が姫君の真似《まね》なんて、おかしい。

「いいんだ、ではありません。よろしいのですか、ですよ」

紅の入った貝細工を持っている女房が、こじかの喋《しゃべ》り方を注意した。

「でも、タケル……とうのちゅうじょうさまは、私らしくあってよいと笑っていた」

「そなたみたいな粗野な者がいると、淡海国の評判が下がりますでしょう。国司さまは、今年で任期を終えられます。来春、いっそうよきお役目に就くために、ぜひともこのたびの縁は逃がせません」

じろりと睨まれ、こじかは怯《ひる》んだ。

「それは、私が右大臣家に気に入られたら、国司さまにも恩恵があるってことか」

「あけすけな言い方ですが、その通り。そなたも、国司さまには育てていただいた恩があるはず。都へ出れば、運も開けよう」

育ててもらった恩はない、端女《はしため》用の狭い小屋に詰め込まれていただけ、などと言い出したら収拾がつかなくなるだろう。いわくつきのこの身を、館に置いて使ってもらったのは事実。渋々、こじかは受け入れた。

「この扇で顔を隠しなさい。貴族の姫君は、みだりに顔を晒《さら》しません」

面倒だと感じたけれど、黙ってそれを受け取った。

慣れなくて、どうにも手に余る。最後に持たされた扇を、せわしなく開いたり閉じたりして遊んでいたら、いいかげん静かにしなさいと、女房に耳をぎゅっとつねられた。

「いたた……」

アケノも正殿の奥に呼び出され、砂袋をまた括《くく》りつけられてしまった。こじかよりも機敏に動ける者など、いない。逃げられては困るので、当然の措置だった。砂袋は、アケノにしかつけられない。当のこじかですら、つけ方は知らなかった。

ついでに、姫装束がまるで似合っていないと、失笑するアケノにさんざん、からかわれた。

似合わないだけではない。この装束は重くて動きづらい。装束が枷《かせ》そのもの。床をずると這《は》うように進む布の様子が、こじかにはうつくしいと思えない。

先ほどのように、衣の端を自分で踏まないこと。そればかりを考えて俯《うつむ》いて歩くので、ますます気分が沈んでくる。床の板目を見つめて歩く。

「お待たせいたしました、頭中将さま」

　こじかを先導する女房が、タケルに声をかけた。

　タケルは階《きざはし》にもたれて庭を眺めていた。別れてから一刻ばかりしか経過していないのに、ひどく懐かしく感じた。きれいな装束に着替えたら、またタケルに会わせてもらえると教えてくれればよかったのに。そうしたら、おとなしく我慢できたのに。

「タケル！」

　手にしていた扇を放り投げ、こじかは気軽に声をかけた。女房たちが目を剝《む》いて驚く。軽々しいと責めたいのだろう。だが、タケルもあまり意に介さないといったふうで、手を振ってこじかを迎えた。タケルは話が分かる。

「やあ、とても素敵ですね。都から持って来たかいがありました」

「この装束は、タケルが用意したのか」

「どうか、受け取ってください。姉はいますが末っ子なもので、誰かに装束を贈るのははじめてなのですよ」

　痛い、苦しい、などと言ってしまって申し訳なかった。うつくしい贈り物など、はじめてもらった。こじかは大切に着ることに決めた。

「ありがとう、うれしい。そういえば、タケルはいくつなのか、聞いていなかったな」

「十八です。幼いころ、病がちで元服が遅れ、出仕も二年前から。朝廷からは頭中将などという立派な官職をいただいてしまって。光栄ですが、恐縮ですね」

「決まった相手はいるのか？　タケルに、妻はいるのか？」

勢いでつい、聞いてしまったあとに図々《ずうずう》しいのではないかと感じたが、遅かった。おそるおそる、タケルの顔を見上げると、そこには明るい笑顔があった。

「病弱のわたしを案じる両親が手放してくれませんので、いまだに里住まいを続けています。恋にも疎くて、お恥ずかしい限りですよ」

「そ、そうか」

ひとり身だと聞いて、こじかは胸のつかえが下りた。しかも、恋が苦手。話題にするのさえ照れるらしく、タケルはこじかの頭を撫《な》でてきた。

「髪さえ伸びれば、こじかは姫君そのものですね」

「いや。振る舞いが粗野でよくないと、さっきから女房たちに叱られてばかりだ。正直なところ、姫の装束は窮屈で苦しいぞ」

大きく口を開けて笑うこじかに、タケルもほほ笑んだ。こじかが放り出した扇を、そっと拾い上げながら。

「あなたは、型にはめられそうにありませんね。十一月の、豊明《とよあかり》の節会《せちえ》が終わるまで都にいてくだされば、そのあとはあなたの好きにしてよいのです。都に残るなら、わたしがお世話をしましょう。淡海へ帰るというのなら、それで構わない」

「なんだ、たったの半年もないのか」

半年足らずの間だけ都にいて、宮中の行事に参加すればよいとのこと。こじかは少しずつ心が動いた。都を見てみたい。父に、母のことを聞きたい。謝ってほしい。

国司に恩を売っておけば、館《たち》でも働きやすくなるはず。こじかの中に、わずかな欲がふつふつと沸き上がってきた。

「舞が終わったらすぐ、淡海のこじかに戻ってもいいのだな」

こじかは念を押した。

「ええ。約束します、こじか。あなたの跳ぶ力は神も認めるでしょう。こじかしかいません。都には、おいしい食べ物もたくさんありますよ。うつくしい布も用意しましょう。市に行けば傀儡《くぐつ》師や占い師など、こじかのように不思議な力を持っている人もいます」

タケルの目は澄んでいた。嘘《うそ》は感じられない。生まれてから、淡海の館を一度も出たことがない。怖い。なのに、好奇心が勝った。礼を述べて扇を受け取る。

「よし、行ってやってもよいぞ。その代わり、タケルは今のことばを忘れないでほしい。一度でいいから、おなかいっぱい食べてみたい」

「おお、ありがたい。これで我が家は安泰です。こじかのおなかが、はちきれそうになるまで、馳走《ちそう》しましょう」

その夜は賑《にぎ》やかな酒宴となった。


笛の音が響いている。

音楽に、あまり触れたことがないこじかにも分かるほど、笛は冴《さ》え渡っている。吹いているのは、タケルに違いない。うっとりと聞き入ってしまい、次第に胸が高鳴って踊り出したくなった。

「それに比べて、琴と琵琶《びわ》の下手なこと！」

合奏の主は、国司とその妻だろうか。調子はずれで、どうにもみっともない。申し訳ないけれど、笑ってしまう。

寝起きしていた使用人の小屋を離れ、こじかは館の奥で寝る準備をしていた。国司夫人付きの女房たちが起居する部屋の片隅。几帳《きちょう》をめぐらせ、畳を与えられ、よい香りのする寝具代わりの掛け衣もいただいた。明日《あした》は都へ向けて、朝早くに出発するという。

成人前の娘ゆえ、こじかは宴《うたげ》に呼ばれなかったが、しばらくは眠れそうにない。

幸か不幸か、都へ上ることになってしまった。こじかの中で、不安と好奇心がせめぎ合っているのに、タケルがいると思うだけで、不思議と気持ちが落ち着く。

「おい。こじか、いるのかい」

がさがさと這う音がしたが、その声はアケノのものだった。

「どうして、ここへ？」

近くに誰もいないのを確かめてから、こじかはアケノを寝所《しんじょ》へ迎え入れた。ふだんならば、アケノ程度の身分の者が入ってよい場所ではない。しかし、忍んできたからにはそれなりの理由があるのだろう。

「急いでいるから、用件だけを言う。逃げな。荷はここにある。タツミが協力してくれている。官人に薬をかがせて北門を開かせた。そっちへ回るんだ」

「逃げる、って、なぜ」

戸惑ったこじかは、まばたきを繰り返した。

「行きたくもない都へ行かされるんだろ？　こっちも、お前がいなくなったら人手に困るんだ。なに、三日も里山に隠れていれば、連中は諦《あきら》めて都へ帰るよ。そら、水と食いもの。こいつを持って早く館の外へ。夏でよかった。藪蚊《やぶか》に気をつけなよ、それと蛇」

アケノは、こじかが無理やり都へ連れて行かれるものだと思い込んでいる。意地悪なくせに、心配してくれるなんて。こじかは胸が熱くなった。

「ありがとう、アケノ。でも、私は都へ行きたいの」

「なんだって。あのきれいな公達《きんだち》に惚《ほ》れでもしたかい？　こじかごときでは、身分違いもはなはだしい」

「いいえ。都へ行ってみたい。頭中将さまはおうつくしいけれど、惚れるなんてとんでもない。憧《あこが》れるけどね」

「あんた、ばかだねえ」

　ふふん、とアケノは鼻で笑った。

「都なんて、いいところじゃないよ。飢えや病で野垂れ死んだ者が、大路の側溝に落ちているし、野犬はうろつく、盗賊も出る。お前みたいな子どもは、市で売り飛ばされるのがオチさ。とっとと山へお行き。お前に逃亡を勧めるあたしが、誰かに見つかったら、どうするんだい」

「心配してくれているのは、うれしい。でも、だいじょうぶ。舞姫が終わったら、帰ってもいいって言われたの。半年ぐらいで、淡海へ戻るよ」

「そんなの、口からでまかせさ。こじかが貴族の若君を信じるなんて、おかしいねえ」

　大きく笑いながら、肉厚のおなかをよじらせた。その様子に、こじかは苛立《いらだ》った。ふだんならば耐えられるのに、今日ばかりは許せない。

「私は選ばれたんだ。前の国司だった父に、母を捨てた文句を言ってやりたい。終わったら、きっと帰る。アケノ、おみやげはなにがいい？　きれいな櫛《くし》とか、鏡？」

「ばか言うな！」

こじかは頰を打たれた。不意のことに、壁際まで吹っ飛んでしまった。驚きと痛みのあまり、その場にうずくまる。

「あたしは、あんたの母……美良《みら》に、あんたの身を頼まれたんだよ！　都へなんて行かせるものか」

「美良？　美良っていう名前なの、私の母は」

言い過ぎたという苦い顔をしていたが、アケノはひるまなかった。

「ああ、そうだよ。美良だ。覚えてないのかい。まあ、無理もないか。美良が死んだとき、あんたは五歳ほどだったからねえ」

そこまで白状すると、アケノは薄笑いを浮かべた。

「美良は、北の高志《こし》のほうから来た一族の者だと言っていたが、ここらへんに住んでいるあたしたちとは違って、肌が白くて背が高くて、目も碧玉《へきぎょく》みたいな色をしていた。それはうつくしかったよ。鬼神に魅入《みい》られるんじゃないかと思うぐらいにね。あんたもきっと、ほんとうは透き通るような色白だろう」

月の光で、自分の腕をまじまじと見てみる。いつも日に焼けて、埃《ほこり》や砂で汚れているので、肌が白いなんて感じたことはない。

「だから、守ってほしいと美良に頼まれたんだ。炊屋《かしきや》の隅にいるあたしには守るもなにもできやしない。目の届く場所に、あんたを置いておくだけさ。美良にはね、対価を受け取っちまったんだ。ほら」

アケノの手のひらの中には、宝玉がふんだんにちりばめられた首飾りがあった。碧《あお》、紅、緑。翡翠《ひすい》。柘榴《ざくろ》石。水晶、金銀。白珠《しらたま》。

「美良がいた一族では、こういうものをよく使うそうだ。きれいだし、もらっておいたけど、あたしには用がなかった。第一、似合わない」

自嘲《じちょう》を込めてアケノは笑ったが、こじかは笑えなかった。

「あんたと首飾りをあたしに預けた美良は、ひとりで火に飛び込んだ。こじかは、美良を追いかけたけど、すぐに戻ってきた。火事騒ぎのあとから、あんたはその脚でやたらと跳びはねるようになって。周りが驚くやら不吉がるやら、大変だった。だから跳ばないように、あたしは砂袋をくくりつけたんだ」

「これ、アケノが？」

こじかは脚の砂袋を見た。自由を縛る枷《かせ》を。

「そう。そして、髪もわざと短く切った。あんたの美を隠すことしかできなかった。こじか、あんたほんとうは、とてもうつくしいんだよ。男どもの目を惹《ひ》かないように、わざとみすぼらしいなりを強いたのはあたしだ。きれいな装束を身につけて分かっただろ、あんたはやっぱり、美良と、都のお貴族さまの血をひいている」

「うつくしい？　私が。まさか」

　こじかは自分の頬に触れた。手入れしていないので、肌がざらざらする。うつくしいなんて思えない。

「いまだに気がついていないようだね。さっきは、見慣れなくて似合ってないと笑ったけど、あと二年もすれば、誰もがあんたに夢中になるよ」

「そうは思えない。私は、ただの棒きれだ」

「いいんだよ。美なんて、周りが決めること。あんたはあんた。堂々としていればいい。さ、荷を受け取って逃げな」

　どうしても、アケノはこじかを逃がしたいらしかった。けれど、こじかは頭を下げた。

「ごめんなさい、アケノ。私、どうしても都に行きたい。都の父や、今の国司さまに利用されても」

　迷いはない。もう決めた。アケノはさみしそうに顔を曇らせた。

「ばかな子だよ。おとなたちに利用されるって承知で行くなんて。あたしのほうが、よっぽどこじかのことを考えているのに」

「そんなことはない。頭中将さまは、誠実なお方。信じられる」

訴えるように言ったものの、アケノは鼻でせせら笑った。

「あんなの、家柄と見た目がいいっていうだけで、都でちやほやされて、女がわんさかいるだろうね。あんたなんか、数にも入らないよ」

アケノの、両の眼が、異様に光っている。

「あたしよりも、今日会ったばかりの男を信じるのかい？　とにかく、こじかは淡海にいないと、あたしが困るんだよ！　ただ働きさせられるやつなんて、そうそうつかまえられないんだからさ。ほら、おとなしくしろ！」

襲いかかってきたアケノは、持っていた紐《ひも》でこじかを縛ろうとした。

「やめて、アケノ。お願いだから」

砂袋が重くて、とっさに動けない。ここで騒ぎを起こしたら自分はもちろん、アケノにも国司にも迷惑がかかる。両手を括《くく》られてしまった。こじかの抗《あらが》う心が薄れてゆく。都へは行きたい。しかし、アケノの気持ちも分かる。

「うつくしい公達が迎えに来て、きれいな衣を着させられて、選ばれたんだって、のぼせあがってんじゃないよ！」

「違う。私は、心から都へ行きたいと思っている。この、おかしな脚の力が、舞姫には必要なんだって。ここ数年、稲は凶作。今年だって、いい出来じゃなさそうだ。流行病《はやりやまい》も続いている。来年の豊作、それに健やかな世になるよう、祈りたいと帝《みかど》が仰せなのだそうだ。そのために、神に届く舞が欲しいと」

「舞姫？　豊作？　健やかな世、だと？」

こじかはアケノの顔をしっかりと見据えた。宴はまだ続いているようで、楽の音が遠くで響いている。

「人に嫌われてきた、この脚がようやく役に立つんだ。行きたい」

不意に、手首にかけられていた紐がゆるんだ。アケノがこじかを放した。

「……こじか。あんたって、どこまでも頑固で不憫《ふびん》な子だね。美良そっくりだよ。もう、知らない。早く寝ちまいな」

ようやく理解してもらえたらしい。アケノの口調は静かになった。よかった。正直、やさしいアケノなんて気味が悪いし、怖い。毒づいて、蹴《け》り飛ばすぐらいの勢いで送り出してほしい。

「はい。おやすみなさい、アケノ」

「せいぜい、よく寝るんだね。ああそうだ、手土産代わりというか、話のタネに。こじかって呼び名は、あたしがつけたのさ。美良はあんたのこと、『スミカ』って呼んでいた」

「すみか？」

こじかは自分の名前を呼んでみた。まるで実感がない。

「スミカじゃ、きれい過ぎるだろ。ぴょんぴょん跳び回っているから、こじか。子ウサギでもよかったね。跳べる理由は知らない。美良ゆかりだろうけどさ。砂袋をつけるぐらいしかできなかったよ」

「ウサギなんて、あんまりだ」

スミカとは、どんな字を書くのか。

こじかは字が書けないし、読めもしない。明日《あした》、タケルに聞いてみよう。

考えることがいろいろあり過ぎて、寝られそうにないと思ったのに、頭から掛け衣をかぶるなり、こじかはことんと眠ってしまっていた。

翌朝も、こじかは早起きしてしまった。夜が明ける前から、毎日働いていたせいだ。

館《たち》の中は静かだった。昨夜、遅くまで宴《うたげ》を張っていたせいか。かすかに、穏やかな寝息がいくつか漏れ聞こえてくるだけで、しいんとしている。

こじかは、誰にも見つからないように、割り当てられた部屋をそっと滑り出る。

庭に出た。

夏の朝は好き。今日も暑くなる予感しかないのに、なぜか心が浮き立つ。生きている証《あかし》を、熱と、肌で感じられる。

出立への準備があるならば、手伝いたい。ぼんやり待っているだけでは、つまらなくて身がもたない。なにも考えずに済むので、動いていたい。こじかは裸足《はだし》、単衣《ひとえ》に衵《あこめ》を一枚、裾《すそ》をたくし上げて着ているだけ。

朝は早いと聞いたのに、誰も働いていない。元気なのは蟬《せみ》の鳴き声だけ。

正殿を離れ、脇殿にある厨《くりや》近くをふらふらしていると、タツミにつかまってしまった。

「ああ、もう。姫君さまが、こんなところに」

「姫って、誰のこと」

「自覚、ないのかい。仕方のない子だねえ。こじか、あんたは都で右大臣家の養女さまになるんだろう」

養女。ああ、そんな話も出ていたかもしれない。舞姫のほうにばかり気を取られていた。

「それより、仕事はないのか。畑から朝餉《あさげ》の菜を取ってこようか、それとも」

「逃げる勇気もない姫君さまに、手伝っていただくお仕事はございませんわ。アケノに言われてゆうべはひと晩、外で待っていたのに来やしないし。せいぜい朝寝を貪《むさぼ》っておきな。こんな薄着で、外に出たらだめだ。冷えるし、男たちに見られたらどうする」

「悪かった。でも、私は都へ行きたいんだ」

「ふうん、そうかい。ご勝手に、幸運な姫君さま」

タツミは軽く笑いながら行ってしまった。

逃げるつもりなど、はじめからない。それどころか、立ち向かおうとしているのに。

こじかは、どうしてもアケノにもう一度会いたかった。

さんざん意地悪をされてうんざりしていたのに、この気持ちはおさえられない。厨にもおらず、途中で出会った館の仕丁《しちょう》などにも訊《たず》ねたが、アケノの居場所は分からなかった。

朝の陽が上りきるころ、タケルの乗る牛車《ぎっしゃ》が牽《ひ》き出された。ようやく、人々の起き出す気配もある。出立にはまだ時間がかかりそうだ。

面倒な身の上になってしまった。姿を人に見られたら噂《うわさ》になるし、堂々と歩けば咎《とが》めを受ける。男どもの好奇の目。女たちのひそひそ話。

こじかにとっては、すべてが鬱陶《うっとう》しい。

ああ、見るな。そんな目でこちらを見るな。見世物ではないのに。

「わたしの支度を手伝ってくれませんか、こじか」

笑いながら話しかけてくれたのは、タケルだった。客間から続く廂《ひさし》の柱に、もたれかかりながら立っている。単衣に袴《はかま》の、しどけない姿。

「庭で、あなたが怒りながら歩き回るのを見るのも一興でしたが、そろそろ悪趣味に思えましたので」

「私などの世話でいいのか」

「はい。わたしは、あなたの手による世話を望んでいます。さあ、こちらへ」

手を握り締められ、こじかは戸惑う。義理とはいえ、兄となるかもしれない人。恥ずかしくて、振りほどくこともできない。こじかはおとなしく客間へと入った。

しかし、身の回りの世話は、タケルの従者がさっさと終わらせてしまっている。貴人の身支度など勝手が分からないので、したくてもできないことに改めて気がつく。

朝餉を一緒にいただく。タケルも、はじめからそのつもりだったようだ。

「役に立たなくて、すまない」

「これからですよ、こじかが活躍するのは。まずは都の暮らしに慣れてもらわねば。わたしがずっとついているわけにはいかないので、我が邸《やしき》の女房たちに任せることになるでしょう」

頭を下げたこじかだが、にわかには信じられない。

「我が邸とは、タケルの邸か？　私は、実の父のところへ引き取られるのではないのか」

「残念ですが、節会の日が迫っています。あなたの父君に任せていては、間に合わないかもしれませんし、舞姫の件はわたしが引き受けたこと。こじかを紹介してもらっただけで、助かりました」

父の生活が、困窮しているのだという。

国司館を含む、国庁全体が火災に遭ったことで、父はその責任を負った。再建にかかる費用をすべて負担した。しかし、新しい国への辞令は下りなかった。淡海国司の任期を終えてのち十年近く、散位《無職》のまま留め置かされている。

「舞姫の支度には費用がかかります。あなただけではない。舞姫は、童女《わらわ》や女房を大勢連れて宮中へ上がります。帝や東宮も御覧になりますし、そちらも着飾らせる必要があります。最近では、舞姫を出したがる貴族は少ないんですよ。そもそも、高貴な女性は外に出ませんので」

「聞いたことはあるが、ほんとうなのか。姫は歩かないのか？　走ったりも？」

ここは大事なところ。こじかは前のめりになって訊《き》いた。

「しませんが、働きますよ。邸で、裁縫、染めもの、香作り。歌や楽を学び、子を育て、邸を守っています」

「それは困る。私は外を跳ねたい。都へ行ったら、いろいろなものを見て回りたい」

「都見物へは誘います。舞がうまくいくよう、祈願しに行きましょう」

「それは、楽しそうだが……」

こじかは愕然《がくぜん》とした。数か月とはいえ、自由に外を出歩くこともできないなんて。

「だいじょうぶ。無理は強いません。あなたには、あなたにしかできない舞があるのだから。ああ、でも多少は師について基本を学んでくださいね」

考えていたものと、だいぶ違う。こじかの予定では、まずは父の邸へ行き、母のことを謝らせたかった。今は、暑い夏。舞は十一月なのだし、あとから稽古《けいこ》しても間に合うのではないか。

できれば、母の墓を建てると約束させたい。

放火の犯人ということで、忌まれた母の墓は建っていない。骨のひとつも残っていないけれど、母の魂をなぐさめたい。

舞を終えたら淡海に帰り、眺めのよい高台に母の墓を作る、そんなふうに思いはじめていたのに。

「父に、会えるのはいつか」

「なるべく早めに招きましょう。わたしでは足りませんか、やはり父君が恋しいのですか」

「違う。母を見捨てたことを、謝らせたい。母は、父を信じていた。都へ連れて帰る、ということばを。できないのなら、はじめから愛するべきではなかったのに」

「時機を見て、呼び寄せる予定だったのかもしれません。都には、本妻や子どもがいたのでしょう。わたしがもし、父君の立場ならばそうします」

言い切られてしまった。自分を否定されたかのようで、こじかはタケルにも疑いをいだいた。

アケノたちが言うように、都人とは嘘《うそ》の塊なのかもしれない。都合よくこじかを扱い、使い終わったら……打ち捨てられる？

そのとき、こじかを着替えさせます、と女房の声が聞こえた。話は途中だったけれど、こじかは部屋に戻った。

用意されていたのは、うつくしい撫子《なでしこ》色の装束。濃き袴、紅を基調に、淡い紫を重ねた袙。明るくて華やかな色合いは、幼いこじかにぴったり。

着替えたのちも、牛の機嫌が悪いというので、出立が遅れている。淡海から都までは、急げば一日でも行き着く道のりだが、今日はあまり進めそうにない。

「歩いてもいいのに」

砂袋さえ外してもらえたら、こじかはどこまでも歩けるのに。細い身体《からだ》つきのわりには、力があるほうだと思うが、砂袋は自分では外せない。これまではアケノが管理していた。これからは、タケルがするのだろうか。

こじかが、逃げないように。

ぞっとする。自分は愛玩物ではない。館にも飼い猫がいるが、縄で柱につながれていて自由に動くことができない。それが都での猫の飼い方なのだという。

こじかは庭を眺めていた。

不安だ。

いや、淡海を初めて出るせいで、感じやすくなっているだけ。戻って来る。必ず。ここには母と暮らした跡がある。よい思い出はなくても、離れられない。

ぼんやりしていたら、西門の近くにアケノの姿が見えた。こじかは急いで身を起こし、袴の裾を手でぎゅっとつかみ、裸足で庭に下りた。装束が重いが、我慢した。

「アケノ！」

叫べば気がついてもらえるはずだと、こじかは声を上げた。なのに、アケノはさっさと厨のほうへ進んでしまう。

「アケノ、待って。ねえ、待ってください！」

ありったけの声を使った。アケノはようやく立ち止まった。

「もうすぐ出立だけど、最後にお礼を言っておきたくて……ではなくて、言っておきたいのです」

「礼なんて。どうでもいいさ、そんなの。あたしに近づくんじゃないよ。こじかは都の姫さんになるんだ、あたしみたいな端女《はしため》と並んでなかよく話をしてごらん、よくない噂が流れるよ」

違う。こじかは、首を左右に振りながら、アケノの袖《そで》の端をきゅっとつかんだ。

「必ず戻る。戻ったら、母のお墓を建てたいの。都でおみやげをたくさん買ってくるから、母の首飾りと交換してほしい。お墓に入れたいんだ」

「あの首飾りを墓へ？　ばかだねえ、あんた。もったいない」

「アケノだって、使っていないって言ったじゃない。私、いい舞を見せて、帝《みかど》に褒美をうんともらう。だから、お願い」

アケノの衣をぎゅっと握った指に、もう一度、そっと力を籠《こ》める。すると、アケノがこじかの両手を、大きな手のひらで包みこんでくれた。そんなやさしいしぐさ、はじめてだった。驚いたこじかが視線を上げると、アケノは困ったようにほほ笑んでいた。そんな笑顔も、見たことがない。

「……死んだんだ」

アケノは突然、語りはじめた。

「誰が、死んだの？」

「あのときの火事で、あたしの子どもは焼け死んだ。ちょうど、こじかと同い歳《おなどし》ぐらいの男の子。救助にあたっていた、だんなも火に巻き込まれた」

聞いたことがなかった、アケノの過去。

「だからこじか、あたしはあんたが憎い。火をつけたあんたの母に、あんたはどんどん似てくる。見ていてつらい。とっとと、どこへでも行っておしまい。都で姫さんになったほうが、人生ラクだよ。あたしだってこれ以上、醜い心を持ちたくないんだ」

ずっと、アケノが心に秘めていた迷いをこじかは理解した。本気で突き放してはいないことも、痛いほどに伝わってきた。

「立派な供養を約束する。お墓を建てて、偉いお坊さんをたくさん呼んで、あの火事で亡くなったみなをなぐさめよう。私、利用されたっていい。都で、がんばってくる。行ってきます」

舞姫を差し出すことで、父やタケルがどのように変わるのか。でも、それでいい。自分は自分の舞をする。こじかは誓った。

## 二章　都へ

「これが淡海《おうみ》か」

淡海国の国庁は、湖の最南岸、瀬田《せた》川のほとりにある。

こじかは国庁を一度も出たことがなかったので、この目で淡海を見たことがなかった。国庁に意外と近くて、驚いた。

勢いよく、牛車《ぎっしゃ》の物見窓を開け、こじかは幼い子どものようにはしゃいだ。

タケルの従者は、牛車を囲むようにして歩いている。

牛車はゆっくり進む。はじめて乗るこじかが酔わないように、気づかってくれている。

国司の持っている牛車よりも数段うつくしい。種類は同じ網代《あじろ》車というものらしいけれど、格の違いを感じる。使っている牛は、たっぷりと大きくて驚いた。車を先導する牛飼童《わらわ》たちもさっぱりと小綺麗《こぎれい》で、牛を追う高い声がよく響く。

それでもこの牛車の装備は、お忍び歩きの延長ゆえ簡素、とのこと。公務だったら、どんな支度になってしまうのか。見てみたい。

外に出たせいもあり、こじかは明るい気持ちに包まれている。タケルを疎ましく思ったことも、今は心の奥底に深く沈んでいた。

「見て、タケル！　水面《みなも》が、陽を浴びてきらきらしているよ。まぶしい！」

思わず、こじかはタケルの肩をたたいてしまう。淡海を一緒に眺めたい。

「こじかには、なにもかもが初めてなんだね」

「うん。きれいだし、広いんだな、淡海って」

「淡くない海もある。さらに広い、と言ったら驚きますか」

「なに、淡くない？」

驚いて、目を丸くしたこじかは立ち上がりかけ、勢いあまって天井に頭をぶつけそうになった。タケルがこじかの手を握り、座り直させてくれた。

「落ち着いてくださいね。淡水ではない、ということです。舐《な》めるとしょっぱいんですよ。塩水です。『海』です」

塩辛い水が広がっている？　考えられない。

「しかし、この車は実に遅いな」

牛車には、こじかとタケルのふたりが乗っている。正直、こじかが歩いたほうが早いのではないかと気が滅入《めい》るほどの速度。

「このあと、峠を越えますので、力のある牛のほうがなにかと便利です。ひとりなら、馬を走らせますが」

「馬？　タケルは馬に乗れるのか、いいなあ」

国庁でも、馬の姿を見かけることはあったが、貴重らしい。たてがみがうつくしく、脚が長くて、走るのが速い。淡海では、急ぎの伝令があるときに使う。

「邸《やしき》の厩《うまや》に、わたしの馬がいますよ。今度、乗せてあげましょう」

「うれしい！　私、馬に憧《あこが》れていたんだ」

「はじめに言っておきますが、こじかに馬の乗り方は教えませんよ。勝手に遠駆けでもされたら、困りますのでね」

思いっきり、走ってみたかったのに。先に、注意されてしまった。

「そ、それは承知している。では、舞が終わったら、馬に乗れるよう、教えてくれ」

期待に目を輝かせているこじかを前に、タケルは苦笑した。ふつうの姫は馬に乗りませんよ、などと言えないでいる。

「こじかは、まったく……これから、右大臣家の養女になるのなら、いつまでもこじかという名乗りではいけませんね。なにか、よい名前を考えましょう」

「それ、聞いたんだ。私の母は、『スミカ』と呼んでいたって」

心地よい揺れの中、弾むようにこじかは答えた。

「本名でしょうか、スミカとは。どんな字を書くのでしょうね」

「さあ、そこまでは」

「こじかさえよければ、わたしがつけてもいいですか」

タケルが名前をくれるならば、本望だ。こじかは何度も頷《うなず》いた。タケルは、こじかの顔をじっと見つめる。

「ス、ミ、カ。スミ、カ。使うなら、『澄』か『純』の字でしょう。どちらかというと、こじかは『純』、ですね。カ、の字にはいろいろありますが、華・佳・香・花……」

『純』ってどういう字なの？」

身を乗り出して、こじかは聞いた。字、というものを知らない。

「こうですよ」

こじかの手のひらに、タケルは指でそっと『純』と書いてくれた。くすぐったい。

「名は、秘密にしなければなりません。迂闊《うかつ》に相手に知られると、支配されます。家族と婚儀の相手ぐらいしか知りません。ふつうは、官職名や通称で呼びます。わたしの場合なら頭中将《とうのちゅうじょう》、などとね」

「タケルというのは、名だろうに。私、知ってしまった」

「あなたは特別です。わたしの妹になるのですし」

手を握られたまま、笑顔で返される。

「そうか。いいのか」

特別だと言われ、こじかはさらに気持ちが高ぶって、そわそわした。タケルにとって特別なんだ、自分は。

「『カ』の字になにを当てるか、よく考えさせてください」

「ああ、いつでもいい。待っている。それと、私は字の読み書きができない。教えてもらえるか」

「ええ、もちろんですとも。それに、スミカは本名。愛称も欲しいですね。さて、どんな名にしましょうか」

ふたりで言い合うものの、なかなかよい名前は出て来ない。

夕暮れが近づいたので、この日は大津《おおつ》で泊まった。

翌日は山越えの道となり、山城国《やましろのくに》へ入った。車はゆっくり進んでいるものの、揺れる。歌枕で有名な逢坂《おうさか》の関に差しかかったと、タケルが教えてくれたにもかかわらず、こじかには歌というものを知らないので悔しい。都に入ったら、いろんなことを知りたい。

「あなたにお願いするのは、五節《ごせち》の舞姫です」

「ごせちの、まいひめ？」

峠にさしかかる長い道のりとなるため、タケルは舞姫について詳しく教えてくれた。

「十一月に、一年の収穫を祝う新嘗祭《にいなめさい》という神事があります。帝《みかど》も出御なさる大切な行事です。この、新嘗祭に関連する催しで、豊明《とよあかり》の節会《せちえ》というものがあって」

耳慣れないことばかりで、こじかはまばたきを繰り返しつつ、聞いている。

「節会、ひらたく言うと宴《うたげ》の席で、舞を披露するのが、舞姫。選ばれるのは四名」

「つまり、私のほかにも三人、いるってことだな」

こじかは指を折って数えた。

「帝の代替わりの年には五名になりますが、通例では四名。舞姫は童女ふたりと下仕えの女をふたり、計五名で宮中へ参入します。ほかに、世話役の女房などもいますが。まずは、舞合わせ。五節の舞の練習です。翌日、帝を迎えての予行練習。御前試《ごぜんのこころみ》といいます」

「待て。練習は、ほとんどしないで帝に見せるのか？」

ひっかかりを覚えたこじかは、タケルの膝《ひざ》の上に手をついて詰め寄った。

「舞とはいっても、そう難しいものではありませんよ。大切なのは気持ち。心です。ましてやこじかならば、その脚で天まで舞うでしょうに」

「それは、そうだが……」

こじかは不満だった。せっかくの舞なのだ、いいものにしたい。少ない練習で覚えられるだろうか。礼儀もまるで知らない鄙《ひな》育ちだし、覚えはよくないほうだと思っている。淡海では怒られてばかりいた。

「熱心な舞姫ですね。邸では、できるだけ舞の練習に努めましょう」

「頼む。私は、がんばる」

牛車の揺れに合わせ、こじかは笑って見せた。

「御前での舞が終われば、翌日は童女《わらわ》御覧の式があります」

「わらわごらん？」

「けったいな行事ですよ。わたしは好きではありません。舞姫に従っている童女を見て、騒ぐだけの式です。まあ、主役は童女なので、舞姫は見守る役目になります」

「なんとも不気味な行事だ。貴族の女は人前に出ないと聞いているのに」

タケルも、こじかと同じ気持ちのようで、眉《まゆ》をひそめた。

「矛盾しているでしょう。しかし、だからこそ、人は他人の顔を見たいのですよ。最終日の豊明の節会が終われば、宮中を退出できるでしょう」

「全部で、四日か。意外と短いな」

当初はのろのろと感じていた牛車だったが、このままタケルと話を続けていたいと思う自分がいた。牛よ、もっとゆっくりと進め。隣に座っているタケルに悟られないよう、ひそかに願った。

「あなたの脚につけられている、砂袋ですが」

いよいよ都が近づいてきたとき、タケルはこじかに改めて向き合った。

「諦《あきら》めている。このままでいい」

「そうはいきません。わたしの父母、邸の女房たちにはきっと、奇妙に映るでしょう。国司館で、外し方を教えてもらいましたので、わたしが取りましょう。舞うにしても、妨げになりますよ」

外してもらえるのはありがたいが、こじかは迷った。おのれを制するだけの自信がない。

「砂袋がなくなるのは助かるが、きっと跳んでしまう。そのほうが、もっと奇妙ではないか。外すのは、舞の直前でいい」

「こじかの細い脚に、これ以上傷や痕《あと》をつけたくありません。重いでしょうに、袋は」

「それでも、跳ばないでいる自信がない。外すのは当日だけでもよいぞ」

自信のないこじかを認めつつ、タケルは承諾した。

「では、代わりのものをなにか用意しましょう。跳びそうになったとき、自制がきくように。負担がかかるものでなくても、よいはずです。そうだ、これなどいかがでしょうか」

懐から、タケルは鈴を取り出した。金と銀の小さな鈴。ころころとかわいい音を立てている。

「走ったりすれば、大きな音がします。きっと気がつくはずです」

「でも、それはタケルの鈴」

「差し上げます。わたしの懐で眠っているより、あなたの役に立てるなら、鈴も本望でしょう。さあ、脚を出してくれますか」

淡海では、短い丈の衣を着て動いていたのに、姫君の着る装束を着させられた途端、タケルの前で脚を晒《さら》すことに抵抗を感じた。

見られたくない。

長年つけていた重い袋のせいで、両足首は痣《あざ》だらけだし、傷も残っている。

それに、こじかの脚は汚れている。湯浴《ゆあ》みさせられたときに、ごしごしとだいぶ強めにこすられたが、それでもこびりついた垢《あか》や汚れが残っている。そんな脚を、貴族のタケルに触られるのは、恥ずかしい。

こじかがためらっていると、タケルはほほ笑んだ。

「あなたが、ひとりでがんばってきた脚です。誇りに思いなさい」

「……ん、ありがとう」

タケルのひとことで、決心できた。膝を抱えるようにして座っていたが、両脚をおそるおそる、えいっと前に投げ出した。

「失礼します。できれば、目をつぶっていてください。そんなに見つめられては、こちらも照れます」

納得したこじかは、言われた通りに目をつぶった。

どきどきしながら待つ。

タケルの呼吸が近づき、こじかは息を止めた。なのに、タケルが着ている狩衣《かりぎぬ》からは、よい香りが漂ってきて、うっとりとしてしまう。

幾重もの布の中に埋もれていたこじかの脚を、タケルは見つけ出す。砂袋の先についた紐《ひも》を器用に外している様子。アケノは、難しい結い方だと言っていたのに。

鈴に付け替える作業は、すぐに終わった。

「目を開けてください。どうですか」

「軽い！　とても軽いな」

ここが車の中であり、歩いて試せないことが残念。

跳び駆けたくてうずうずしたこじかは、脚をばたつかせる。そのたびに、左右の愛らしい鈴がちりちりと鳴る。

左脚には金の鈴。やや高めで明るい音。右脚には銀の鈴。しっとりとした深みある音。長く、つけられていた砂袋が、鈴に替わった。こじかの動きを見張っていた砂袋がなくなった。

今、こじかはかわいい鈴をふたつ、身につけている。軽くても、小さくても、大切にしよう。思わず、笑みがこぼれてしまう。

「ありがとう、タケル。早く、車を降りたい。歩いてみたい。あ、鈴は鳴らないように、なるべく気をつけるぞ」

幼い子どものように、はしゃぐこじかを見たタケルは、目を細めて笑った。

「間もなくですよ、都は。くれぐれも、右大臣家の養女になることを忘れずに。足首の赤い痕には、膏薬《こうやく》を塗りましょう。よいものを知っていますので、都へ帰ったら渡します」

「これは長い間ついていたものだし、そうは消えないはず」

「なにもしないで憂うより、なにかしてみましょう」

「……わかった。やる。ありがとう」

穏やかな声と笑顔でささやかれると、すんなり受け入れる気持ちになれた。タケルは目を細め、こじかの頭を撫《な》でてくれた。あたたかい手で触れられることがたまらなくうれしい。

こんなにやさしくてうつくしい人が、兄になってくれるなんて。まるで、夢を見ているようだった。

都へは、日が暮れてから入るのが昔からの決まりだという。タケルの一行も日没を待つように、ゆるゆると進んだ。おかげで、こじかは車酔いをしないで済んだ。飽きないように、タケルがたくさん話をしてくれたことも大きい。

京の都への入り口は、いくつかある。その中でも、タケルは粟田口《あわたぐち》より入京した。京都七口のうちのひとつに数えられる粟田口は別名、三条口《さんじょうぐち》。大津口とも呼ばれる。そのまま、牛車《ぎっしゃ》を西へ進ませた。都の中心街へとまっすぐつながっている道だ。

タケルが住まう右大臣邸は、左京《さきょう》の二条高倉《にじょうたかくら》に位置しているという。鴨川《かもがわ》を越え、進んできた東海道《とうかいどう》は三条大路《さんじょうおおじ》に名を変えた。

牛車の揺れが細かくなった。都の、舗装された平らかな道に入ったと思われる。日が暮れて周りが静かなせいか、車輪のきしむ音がこじかの耳に届く。

そっと、物見窓を開けてみる。目がよいこじかとはいえ、車の外は暗いので判然としない。建物が、ひしめきあっているのは分かる。人家、壁、人家。大きな邸《やしき》。門。家々には、ぼんやりと灯《あか》りがついている。灯……、火。

こじかは、とっさに窓を閉めた。小さな家でも明るく見えるということは、もしや、右大臣邸では、火をふんだんに使っているのではないか。

怖い。火が怖い。こじかは震えた。

「こじか？」

隣にいるタケルは、こじかの異変に素早く気がついた。目を大きく見開き、浅い呼吸を繰り返しているこじかに、タケルは何度も声をかける。

「こじか、どうしましたか」

脂汗まで流しはじめるこじかを、タケルは抱き締めた。火が怖いとは聞いていたが、本気で怯《おび》えるこじかを、タケルが目にしたのははじめてだった。

「……火。外」

「火ですか。怖いのですね。だいじょうぶ、わたしの袖《そで》の中にいれば」

「怖い。火が怖い。焼かれてしまう」

「目をつぶって。深く息をしてください。大きく吸って、吐いて。鼻から吸って、口で吐くと楽ですよ。そうです、上手です」

こじかはタケルに指示されるがまま、目をつぶって懸命に呼吸を繰り返す。

タケルの薫りとぬくもりに包まれ、次第に落ち着きを取り戻し、心地よさを覚えはじめた。都の道はどこまでも平坦《へいたん》で、大きな石も落ちていない気配。安心しきったこじかはそのままの姿勢で、いつしか眠ってしまった。

やがて牛車は右大臣邸に到着したけれど、タケルにかかえられて部屋に入ったことも、いっさい覚えていなかった。

「おはようございます、こじか。昨夜はよく眠れたようですね」

こじかが目覚めたとき耳にしたのは、タケルの声。なんとか上半身を起こす。タケルは、出仕用の黒袍《くろほう》に装束を改めていた。

「タケル……か」

「はい。おはようございます」

タケルは枕もとにしゃがみ込み、こじかと視線を合わせてくれる。

「よく寝た。こんなにぐっすり寝たのは、生まれてはじめてかもしれない。ええと、ここはどこだ？」

「二条右大臣邸の中の、わたしの住まう東の対。わたしの寝所《しんじょ》です」

「タケルの寝所？」

まさか、タケルの夜具をかぶって寝ていたのか。こじかはうろたえた。昨日の記憶がない。入京して、牛車からは、どうしたのだろう。

「ここへ着く前に、こじかは眠ってしまいましたのでね、わたしが運びました。こじかは綿のように軽くて。もちろん、わたしは別室で休みましたよ」

「すまないことをした」

部屋の主《あるじ》であるタケルを追い出して寝たなんて。

「いいえ。それより、困りましたね。あのようにあわててしまうほど、火が怖いとは。五節の奉納舞は陽が暮れてから、たくさんの篝火《かがりび》の前で行われます。舞よりも、まずは火に慣れてもらう必要がありそうですね」

心の底から心配してくれているタケルに、隠しごとはできない。こじかは告白した。

「……無理だ。私は、火事で母を亡くしてから、火は扱えないどころか、油に近づくことも難しい。館《たち》でも、食事の支度はできなかった。火は怖い」

「なんと」

タケルは腕を組んで考え込んだ。こじかもじっと待っていたが、やがてタケルは顔を上げた。ほほ笑んでいた。

「まずは、邸の暮らしに慣れましょう。あまり、身構えずに。そのうち、よい解決策が見つかるかもしれません。このあと、わたしの父母に挨拶《あいさつ》をしましょう。こじかを母上に預けます」

「預ける？　タケルは？」

身を乗り出したこじかは、タケルの袖を引っ張った。

「わたしは宮中へ行って、帰京を告げて参ります。従者に行かせてもよいのですが、そうすると非礼に当たります。今回は、無理を言ってお休みをいただいたことですし、簡単に報告をしてきますね」

「それは、大切なことだな」

知らない場所でひとりにされてしまうという不安を押し隠し、こじかは胸を張った。

「父上も母上も、子ども好きなので、こじかのこともかわいがってくださるはずです。どうか、こじかはそのままで」

「分かった。いや、分かりました、か」

「だいじょうぶ。わたしもついています。無事に終わりましたら、こじかにごほうびを差し上げましょう」

簡単な朝食を済ませ、桔梗《ききょう》色の汗衫《かざみ》に着替えたこじかは、右大臣家の寝殿へと進んだ。

歩くたびに、ふたつの鈴が鳴る。

楽しくてつい、脚を踏み出しそうになるのを、どうにか我慢する。タケルが笑う。

タケルの部屋を出て何度も廊下を右に左に折れ曲がりながら、ようやくタケルの父母の居室へ到着した。ひとりだったら、迷ってしまうだろう。

庭も、国司館とは比べようがないほど広く、整っている。手入れが施された前栽《せんざい》。大きな木。愛らしく咲き誇る花々。南の庭には大きな池もあり、魚が悠々と泳いでいる。こじかは、自分のいた世界の狭さをいやというほどに感じた。

「待っていたぞ、タケルよ」

「こちらが前《さきの》淡海国司の姫ですね。なんてかわいいの。十四？　お小さいこと」

こじかは右大臣と北の方に大歓迎された。まさに家族扱いで、対面を隔てる御簾《みす》も几《き》帳《ちょう》もない。

これまで、ものの数にも入らない扱いを受けてきた身ゆえ、どう接してよいものか、困ってしまった。

「笑顔ですよ、笑って。さあ、簡単に挨拶を」

すぐ隣でタケルが助けてくれる。ありがたい。

「こじかです。淡海から来ました」

長く喋《しゃべ》ると失敗するのは目に見えているので、こじかは短く名乗って頭を下げた。

「こじか?」

耳慣れない、こじかという名に右大臣と北の方は引っかかりを感じたらしい。

「『こじか』というのは、淡海での名前。ほんとうの名は、スミカです。純粋の純の字に、香りで『純香《スミカ》』。淡海の暮らしが長いどころか、館を出ること自体がはじめてなので、純香は都のことも世間のこともよく知りません。いろいろ教えてやってください」

「純香というのね、よろしくね。わたくしはタケルの母です。邸では『北の方』、あるいは『上』と呼ばれています。我が邸に、姫が増えるなんて楽しみです」

母君の挨拶に合わせ、こじかは頭を下げる。姫などと、空恐ろしい。それに、純と香。

タケルが考えてくれたのは、雅《みやび》やかで気恥ずかしいぐらいの佳名だった。

「前淡海国司は、かつての任国でそなたを置き去りにしていたのか」

右大臣は驚いている。

「もろもろの事情があったにせよ、前淡海国司には任せられません。こちらで舞姫教育を行いますので。養女の件、よろしくお願いします」

タケルも両親に頭を下げた。

「もちろん、我が右大臣家の養女として、舞姫に育てるつもりでいる。都の水で磨いた姿を早く見たいものだ。ただし、実父との面会は必要だぞ、タケル」

「心得ております。五節の舞は十一月。あと半年もありません。純香がここの暮らしに慣れてきましたら、一度引き合わせましょう」

「それがよい。この少女を紹介したのは、前淡海国司だ。いずれ、礼も述べなければな」

右大臣は出仕するというので、先に席を立った。タケルも母君にあれこれと話をつけ、こじかの身を預けると、すぐに出かけて行ってしまった。

こじかは、気まずい。母君と、とり残されてしまった。近くには、こじかのことを値踏みするように控えている女房たちがいる。いくら母君がこじかを好意的に受け入れても、全員が賛成と言うわけではないらしい。気が抜けない。

「ねえ、純香」

「な、なんでしょう、北の方さま!」

焦るあまり、大きな声になってしまったこじかに、母君の忍び笑いが止まらない。笑いとはいえ、落ち着いている。上品なほほ笑みである。思わず、見とれてしまう。

「そう硬くならずに。まずは、身体《からだ》を清めましょうね」

「申し訳ありません……私、臭いますか。どうしたらよいのか」

困惑したこじかの声は涙声だった。

「淡海にいたときのままでよいのです。タケルに選ばれたのですもの、あなたは相当なものを秘めているのでしょう。あの子は、あなたですら気がついてないなにかを悟ったのかもしれません。臆《おく》せずに。わたくしのことは、どうぞ母と呼んでくださいね」

なにもかもありがたくて、こじかはことばを失いかけた。やさしくされて、認められたのは初めてだった。

「ありがとうございます、母君。よろしくお願いします」

こじかは、タケルや母君の期待に応《こた》えるため、蒸し風呂に長々と入り、丹念に髪を洗った。

湯を替えても替えても、小豆《あずき》の入った袋で身体をこすっても、砂が出て垢《あか》が浮く。夏は水浴び、冬は身体を拭《ふ》くぐらいしかしてこなかったこじかだから当然だが、こんなことになるならば、もっと身綺麗《みぎれい》にしておけばよかった。こじかのために、母君まで大汗をかきながら湯浴《ゆあ》みを手伝ってくれている。

「短い毛先には、かもじをつけましょう。椿油《つばきあぶら》を丁寧に塗れば、乾燥は止まります。寒い時期でなくてよかった。きっとよい髪になるでしょう」

母君はこじかを励ましてくれたけれど、こじかの髪はやわらかく、日焼けのせいか茶色がかっている。長さも、肩下程度しかない。母君の髪は真っ黒くつややかで、背中どころか床に届くほど長い。母君のような豊かな髪になるまで何年かかるのか、想像もつかない。

こじかは肌も荒れていた。全体が、がさがさしている。母君は丁寧に油を擦り込むようにして塗る。

「朝夕、手入れをすればきっと、あかぎれもささくれも止まるでしょう。なにより、若いのです。我が家の膏薬《こうやく》は、肌荒れによく効くのですよ。おや、この鈴は」

「タケルからもらいました。私がそそっかしいので、走ったりしないように、と。急ぐと鳴ってくれて、無作法な私に警告してくれます」

「姉の、女御さまからいただいた、タケルの宝物のはず。あなたならいいわね、似合うもの」

「女御さまの、持ち物でしたか？」

鈴の来歴までは知らなかった。高価そうだなとは感じたが、タケルの宝物でもあったなんて。

「ええ。とても気に入っていたはず。女御さま……わたくしの産んだ姫ですけれど、宮中へ上がれば、なかなか会えないもので」

タケルの姉は帝《みかど》の寵姫《ちょうき》。実家に里帰りしている暇もないという。タケルも含め、右大臣家には不幸がない。同じヒトとして生まれたのに、この違いはなんだ。こじかは生きるのがやっとだった。

「ですが、いなくなったわけではありません。生きてさえいれば、いつかまた会えます」

気丈なこじかの答えに、母君は目を丸くした。

「まあ。いい子ね、純香は。苦労してきたのね。五節の舞姫も大変でしょうし、協力させてね。ああ、そうだ。よいことを思いつきました。小さな鈴で、こすず。本名を呼ぶには軽々しいので、これからはあなたの名前をこすずにしましょう。こすず」

「こすず、ですか？」

こすず。心の中でもう一度、繰り返してみる。こすず。

「そう。姫が、『こじか』ではあんまりでしょう」

「ありがとう、ございます。こすず、かわいい名前ですね！」

タケルから本名をもらい、さらに母君から愛称をもらった。こじかはうれしくて、でも申し訳なくて、目もとに涙をためた。こぼれないよう、ぐっとこらえる。

湯浴みを終えたこじかは、真新しい装束に身体をなじませた。母君はかなりご満悦そうだが、もっともっとなにかしたいと頭を悩ませている。

「髪が短いので、かもじをつけましょう。ああ、でも髪色がだいぶ違うから、不自然ね。

ほかのかもじはないの？　明るく茶色がかっているものを」

女房たちがばたばたと歩く。こじかの身体が洗練されていないせいで、女房たちは大忙しの日となってしまった。主人のために動くのが女房の仕事とはいえ、申し訳ない気持ちでいっぱいになる。

陽のあたる廊に出されたこじかは、板張りの上で横になっている。

洗ったばかりの髪を広げ、扇であおがれている。それほど長くない髪とはいえ、乾かすにはしばらくかかる。母君も加わってあおいでくれるものの、頼りない力の風しかないのでおそらく日が暮れるころまで続きそうだ。

さすがに、こじかの髪色に合いそうなかもじは見つからなかった。荒れているこじかの髪に合う色は、この邸《やしき》にはないようだ。まずは、こじかの髪を手入れするのが最優先。

こじかと母君はたくさんの話をした。タケルに逢《あ》ったときのこと。淡海のこと。ずっとひとりだったこと。

「実のお父さまに、お会いしたい？」

母君は問うた。

「タケルに、任せています」

こじかの母が父にしたことは、さすがに打ち明けられなかった。母……美良《みら》は悪くない。

母と自分を裏切ったのは父。こじかはきらびやかな装束の下で、拳《こぶし》を作って握り締めた。怒りや憎しみは持ちたくないけれど、父を激しく恨む力が、こじかの原動力となっていた。

髪がなかなか乾かないので、母君はこじかの頭のそばで扇を使いながら、都のことを教えてくれた。右大臣家のこと、帝と貴族たち、邸宅のつくり、宮仕えの官職、女たちの仕事、しきたり、暮らし、迷信。

そういえば、髪を洗う前にも誰かが占いを見ていた。髪を清めたいと考えても、占いで洗髪に適している日にしかできないのだという。

都人の暮らしは豊かに見えるが、細かな決まりに縛られている。そして庶民は、疫病や不作続きで、よい暮らしぶりではない。

自分が舞姫になることで、少しでも助けられるのか。天に、神に、願いが届くのか。豊《ほう》穣《じょう》を。陽を。水を。

こじかは髪を乾かしながら寝てしまった。慣れないことばかりで疲れていたし、母君が髪に櫛《くし》を入れて梳《と》かしてくれるのが気持ちよかった。

都の夜は蒸し暑い。三方を山に囲まれているので、熱気が籠《こ》もりやすい。

淡海も暑かったが、湖や山が近いせいか、いくらかましだった。

湯浴みを終えて身綺麗になったところまではよかったのに、洗髪のあとで寝てしまったのが効いている。いっこうに眠気が訪れてくれない。タケルも、まだ帰宅していない。

仕方なく、こじかは廂《ひさし》の間に出て涼んでいた。

女房たちがしきりに灯《あか》りを勧めてくるが、丁寧に断った。火なんて、おそろしい。目のよいこじかには、月と星あかりでじゅうぶんなのに。

今夜も、月が明るい。

こじかは月を飽かずに眺めていた。うっすらと雲がかかっている。こじかを守ってくれているような光が心地よい。離れていても、月は淡海と同じ。

「いにしえより、女子に月は忌むべきものとされているのに」

淡海のことを思い出していたせいか、人の近づいてくる気配に注意を払っていなかった。

「月は、魂を奪うもの。もしや、かぐや姫のように天へ還《かえ》るのかな」

その声の主は、音も立てずに階《きざはし》を上り、こじかの隣に座った。

「だ、れ……？」

脚に、砂袋はついていない。鈴だけだ。こじかは、いざとなったら跳んで逃げられる。

やがて雲が切れ、月の光が侵入者の姿をくまなく照らし出した。

黒い装束を着ている若い男性だった。タケルと同じくらいか、やや年上かもしれない。

雪のように肌が白いが、目はけぶるように黒く、唇は紅《べに》を刷《は》いたように赤い。はっきりとした顔立ちの美形である。こじかはもちろん警戒したが、黒装束の人はこじかを見て目を細めて笑いかけた。

「こんばんは、月影の姫」

油断している間に、こじかは装束の裾《すそ》をおさえられてしまっていた。身動きができないように、だろう。自分の部屋から出てはいけないとタケルに言われていたのに、破ったこじかが悪い。

「私は姫ではない。こじか……いや、こすずだ」

こじかは黒い侵入者を睨《にら》んだ。勝手に入って来たが、盗賊には見えない雅《みやび》な雰囲気を持っている。それに、どこか懐かしさを覚える、このかぐわしい香り。趣味のよい香を自分で調合して使うのも、貴族の教養のひとつだと、母君から聞いたばかり。

「『侍従』という名の香だ。合わせ方は、秘伝。好みならば、分けてあげようか」

「要らない。放してくれ」

「いやだね」

気ままに振る舞う侵入者に、こじかは唇を嚙《か》んだ。家人でも下働きでもなんでもいいから連れて来ようか。非力な女房ではだめだ。この不審人物をつかまえられそうな武士でもいい。こじかは、装束を脱ぎ捨てて跳ぶ覚悟を決めた。

身を屈《かが》めて袙《あこめ》を数枚、するりといっぺんに脱ぐ。蟬《せみ》が羽化するように、こじかは空へ跳んだ。小さなふたつの鈴を鳴らしながら、廂を、屋根を、蹴《け》って、木の上に逃げた。

黒い人が遠くなった。これでもう、追いかけてこられない。

「宮さま、ここにいらしたのですか！」

こじかの気が緩んだとき。タケルの声が響いた。怒っている。

「おや、もうばれてしまった」

黒装束の人は悪びれもせずに、言ってのけた。

「こじか、だいじょうぶですか。どうか、下りて来てください。大変失礼しました。このお方は、東山宮《ひがしやまのみや》さまとおっしゃる、わたしの知り合いです」

庭の、欅《けやき》の枝に腰かけたこじかに向かって、タケルが大きく手招きした。侵入者はタケルの客人だった。

「……タケルがそう言うなら」

こじかは慎重に木から下りると、すぐさまタケルの背後に張りつくようにして隠れた。

「宮さまに、ご挨拶《あいさつ》を」

うながされたが、こじかは承知できなかった。勝手に近づいてきたことが許せない。宮というのは、帝の血をひく高貴なお方だと母君から聞いたばかりだが、盗賊の真似《まね》をしても許されるというのか。

「さあ、こじか」

タケルが、脱ぎ捨てたこじかの装束を肩にかけてくれる。仲睦《むつ》まじい様子の兄と妹を見て、黒い人は軽く笑った。

「おやまあ、仲のよいことで」

「あまりからかわないでください。鄙《ひな》から出て来たばかりなのですよ、この子は」

怯《おび》えるこじかを、黒装束は舐《な》めるように見る。

「これが例の、淡海の姫なのだろう、頭中将。こじか、とか呼ばれていたね。仔鹿《こじか》のことかい。ぴったりの名だ。空を駆ける赤ちゃん鹿」

「こじかではない。今日、母君が名をくださった。こすずだ！」

むきになってこじかは反論した。

「こすず……？　母上がそう、決めたのですか」

「そうだ。タケルからもらった鈴を見て、名をくれた。呼び名にしなさいと」

「そうですか、母上が。よかった。こじかにぴったりです」

「邸の者たちも、さっそく私をこすずと呼んでくれている」

こじかとタケルの話が続くので、宮とかいう黒い人はつまらなそうにしている。

「ねえねえ。我《わたし》は名前よりも、こじかが跳んでいたことのほうが気になるよ。どんなからくり？」

「からくりではない。私は、自分の脚で跳ぶんだ」

「まさか。仕掛けがきっとあるはずだ」

　なんだか、気に入らない人だ。実際に見たのに、信じないなんて。こんなやつと知り合いなんてよくない、と早くタケルに忠告してやりたい。

「嘘《うそ》だと思うなら、もう一度やって見せよう」

　数回、こじかは前後左右に跳躍して、宮に見せつける。

「こじかも落ち着いてください。どうか宮さまも、こじかを煽《あお》らないでください」

「これが黙っていられるか、タケル中将。人が跳ぶなんて、初めてだ。聞いたことも、見たこともない。これが右大臣家の舞姫候補とは。鳥か？」

「私は人だ。いくらか鄙の出なのは認める」

　どうしたって、むきになって答えてしまう。

「控えなさい、こじか。あなたが口ごたえをして、許されるお方ではありません。淡海のときのままでいてほしいとはいえ、その態度は改めてもらいますよ」

穏やかなタケルが、語調を強めるのは珍しい。そのぶん、こじかはこたえた。萎《しお》れた花のように、たちまち俯《うつむ》いた。

「よい、よい。素直でおもしろい子だ、こじか。気に入った。その伸びやかな力で、舞姫をしっかりと務めるように」

「言われるまでもないわ」

命令されるのは好きではない。こじかがまた抵抗したので、タケルが頭をかかえた。

「素質はありそうだが、まるっきり粗野。五節の舞までに、赤ちゃん鹿をどのように育てるのか、楽しみだ。もし、ものにならなかったら、そのときは例の約束を守ってもらうよ、タケル」

「タケルの悪口を言うな、盗人《ぬすっと》が。それに、例の約束とは、なんだ？」

気に入らない。この、宮という人が、許せない。睨みつけてやった。

「おやおや、ずいぶんと威勢のよい赤ちゃん鹿だね。嫌いではないよ、こじか。我が、飼ってやろうか」

「いやだね！」

宮の挑発に、まんまとこじかは乗ってしまっていた。

「こじか、やめなさい。宮さまに向かって。こじかというのは、淡海での名です。どうか、こすずと」

「タケルはこじかと呼んでいるではないか」

宮は、こじかとタケルの距離感をあやしんだ。

「私は、うんとがんばる。都でいちばんの舞い手になる。宮さまも必ず見るように」

「舞だけではないぞ。挙動のいっさいも、すべてだ。形も磨くのだ」

「なんでもやる。宮さまが認める舞姫になったら、非礼を謝ってもらうぞ」

「よし。そのときは、何度でも謝ろう」

不穏を悟ったタケルは、とうとう口を挟んだ。

「もう、このあたりでやめておきましょう。あまり留守が長くなると、お忍び歩きが明るみに出てしまいます、さあ。こじかは早く着替えてください」

怒りのおさまらないこじかは、ふたりが去ってゆく姿をじっと見張った。姿が見えなくなり、ようやくひと息つけた。タケルの客人とはいえ、なんとも失礼な人。二度と会いたくない。

次の朝。

宮が邸《やしき》へ忍んできたことは噂《うわさ》にはならず、しきりにささやかれたのは、こじかが夜の庭を跳んでいたことについてだった。遠巻きに見ていた者がたくさんいたらしい。

「こすずさまは、変わっている」

「妙な力を持っている」

「気味が悪い。怖《おそ》ろしい」

「異形の鬼か、はたまた天狗《てんぐ》か」

はるばる淡海国より、舞姫候補としてタケルに連れて来られたというだけでも珍しいのに、こじかは跳ぶのだ。奇異の噂にもなるだろう。

朝の世話をする者もいない。誰かにしてもらわなくても、こじかはいっこうに構わなかったが、食事などはどうしたらよいか分からない。

こじかの部屋にタケルが飛んできた。

「困りましたね」

タケルは、本日より出仕を本格的に再開するという。

「別によい。困らない。変だの妙だの言われるのは慣れている」

「そうも参りません。ゆうべのことを耳にした母上が、特に怯えてしまっていて。女房が、大げさに伝えたようです。母上は、怪異をいたく嫌っておいでなのです。こじかの力について、最初に断っておくべきでしたね」

女房たちにはなにを思われても気にしないが、母君に誤解されるのはつらい。どうしよう、タケルに意見を聞こうとしたとき、こじかの室内に前触れもなく右大臣が入ってきた。

「即座に、邸を移れ」

タケルの父である右大臣は、ひどく怒っていた。

「この娘、不吉だと占いに出た。すぐつまみ出すのだ、タケル」

「昨日、ご挨拶したときに話しておくべきでした。こじかは常人よりもすぐれた跳ぶ力を持っています。見た目のうつくしさよりも、跳ぶ力こそ舞姫にふさわしいものとして、わたしはこじかを認めました」

こじかをかばうようにしながら、タケルは右大臣の前に堂々と立った。

「言い訳に過ぎない。おまえの従者から聞いたのだ、この娘、淡海では奴婢《ぬひ》同様の扱いだったと。逃げないよう、脚に枷《かせ》をはめられていたそうではないか」

「誤解なのです。こじかは、大きく跳ばないよう、重りをつけていたのです。枷のように見えたのは、ただの砂袋です」

「それそれ、自由を奪う枷ではないか。前淡海国司《さきのおうみのくにのつかさ》に使いを送った。早くその娘を引き取るようにとな」

言い終えると、多忙な右大臣は踵《きびす》を返そうとした。

「お待ちください、わたしがこじかの家を用意するまでは。あちらに渡してしまえば、舞姫教育が難しくなります。母上に会わせてください。昨日は、こじかをたいそうかわいがってくださいました」

「事情が変わった。北の方も同じ考えだ。この娘からは、タケルも手を引け。これ以上の意見は受けない」

タケルの反論もむなしく、こじかは実の父のところへ移ることになった。

「申し訳ありません。せっかく我が邸で落ち着いたところを、また移るなんて」

こじかは宮中へ行くタケルの牛車《ぎっしゃ》に同乗していた。父の邸から迎えに来たという案内人を、車の後ろに引き連れている。

このあと、こじかは父に引き渡される。タケルは出仕する。別々になる。

「いや、これでよかったんだ。タケルの邸は広くてきれい過ぎる。父の邸だって、同じ都にあるんだ。すぐに会いにきてくれるだろう？」

「できるだけ行きます。わたしは、こじかに舞姫を務めてもらいたい」

「もちろんだ。ところで宮とは、どんな約束をしたんだ、聞いていなかったな」

「ああ……あれは、童形のこじかに、聞かせる内容ではありません」

タケルは明らかに躊躇《ちゅうちょ》していた。

「そう言われると、余計に気になる。子ども扱いはよせ。教えてくれ。いや、教えてください。私にも関係があります」

「困りましたね。実は今回、宮さまをも納得させられる、光り輝く舞姫を右大臣家で出すという約束、というか勝負で。それが……」

「それが？」

「できなかったら、わたしが女装して舞姫をやれと」

屈辱にまみれた表情で、タケルはこじかから視線を逸《そ》らした。首もとや耳まで真っ赤だった。

「タケルが舞を？　あっはっは、そいつはいい。タケルはうつくしいし、神々も喜ぶに違いない！　私も見てみたいぐらいだ」

「冗談ではありませんよ！　男の舞姫など、先例にありません。ですから、わたしは必死なのです。よき舞姫を出さなければ。うつくしくて賢くて、神がかった舞をする姫を」

わざわざ、右大臣家の貴公子が淡海まで来た理由がようやく解った。あの憎らしい宮と、勝負をしていたのだ。

「すまない。笑いごとではないね。それで、タケルが勝ったとき、つまり私が宮中一の舞姫になれたときはどうするんだ」

「わたしが勝ったときは、舞姫を……宮さまの、妃《きさき》にしてほしいと申しました」

「宮の、妃だって？」

「わたしが出す舞姫は、わたしの義妹。宮さまと妹が結ばれれば、右大臣家は宮筋により近づけます」

「待って。タケルと宮は、じゅうぶん仲がよさそうだぞ。これ以上近づいて、どうする」

あの宮が、それほどの人物には見えなかったので、不思議になったこじかは首を傾《かし》げて考えた。

「わたしの姉姫は帝《みかど》に入内《じゅだい》しましたが、いまだに御子《みこ》がありません。宮筋の血に入り込めるならば、養妹でも構わない。心を込めてお世話すればよいだろう、父と相談した結果です」

胸が騒ぐ。

舞姫に仕立てた姫を、その後は宮に奉る計画だったという。宮は皇族なので、右大臣家としては政治的に有利になる。

「タケルは、舞が終わったら、淡海へ帰っていいって言ったのに。近しい血縁を送り込んで、帝と親戚《しんせき》になるのが藤原《ふじわら》氏のやり方だそうだが、そこまでして、政《まつりごと》に関わりたいのか。淡海へ帰れるというのは、嘘《うそ》なのか」

「嘘ではありません。できれば帰してあげたい、こじかを知ってからはそう考えています。しかし宮さまは、こじかのことをいやに気に入ったご様子でしたので、ひっかかります」

珍しく、タケルは取り乱した。

「ああもう、このあたりは政治的な思惑《おもわく》が絡んでいて、なんとも言いがたくて。わたしが、あなたを諦《あきら》めればこじかは助かるものの、わたしは窮地に立たされる。都のしくみに詳しくなったこじかならば、理解できるでしょう」

「ならば舞えばよい、タケルが。私は帰る」

こじかは怒りを覚えた。タケルに、宮に、都に、すべてに。

「五節の舞は、神に捧《ささ》げるものです。女装の男が出たりしたら、天地の怒りを買うに違いありません。右大臣家も立場を失います」

「なんという、勝手な宮なのか。帝に言いつければいいんだよ、タケル」

こじかは語調を強めた。

「それが……帝も、この勝負を楽しんでおいでです。毎年、舞姫を舞わせても、五穀豊《ごこくほう》穣《じょう》の効果がないのなら、神は姫ではなく、公達《きんだち》を求めているのではないかとさえ仰せで」

「なんと」

世が荒れるはずだ。

帝すら、タケルの倒錯した姿を期待している。世も末とは、よく言ったもの。ため息をついたこじかは、天を仰いだ。狭い牛車の天井が迫ってきただけだった。

車の揺れが止まり、到着した、との声を聞いたこじかは、窓を細めに開いた。父邸の門前。タケルの従者たちが門番と揉《も》めている。流れ聞こえる会話に耳を傾けると、右大臣家の立派な牛車が大き過ぎて、狭い門をくぐれないようだった。

「ここで降りましょう」

家格が違う。大臣家と受領《ずりょう》。邸も、持ち物も違って当然。

童姿《わらわすがた》のこじかは軽々と車を降りた。

「うわ……」

降りたとたんに目に入ったのは、道端の堀に倒れるように重なって座る人の多さ。どの人もひどく汚れ、虫がたかっている。なにかが腐っているような、いやな臭いさえ漂ってくる。うつろな目に、半開きの口。だらりとした手。男女の区別もつかない。獲物を狙う目つきで、野犬がうろついている。重なり合った人の中には、亡くなった者もいるかもしれない。

淡海でも、病などでたまには死人も出たものの、ここまでひどくはなかった。死者には敬意を払って弔った。

こじかも、日々の食事は二回、質素ながらもきちんと食べていたし、たまには間食もした。粗末ながらも寝るところはあった。仕事もいやというほどあった。怒りもあったが、たまには笑いもあった。

「見ないように」

タケルはこじかを懐に抱き寄せ、こじかの視界を遮るようにしながら、歩きはじめようとした。

「助けてあげて、タケル。あの人たち、かわいそうだよ」

頑として、こじかは前に進まなかった。

「残念ですが、あの者たちはもう手遅れです」

「でも、いいじゃないか。施しをしてあげて。タケルは右大臣家の跡継ぎだ」

「明日《あした》死ぬか、十日後に死ぬか。それだけです。いっそのこと、苦しみは短いほうがいい」

いつになく冷たいタケルの態度に、こじかは困った。

「生きてさえいたら、運が開けるかもしれないのに。さっさと死ねというのか。薄情だな、タケル」

「今はこちらへ。さあ、こじか。いずれ、あなたが助けるのです。穏やかな暮らしを作るのは、実りです。神を鎮められるのは、あなたの舞だけです」

こじかの懐には、昨日母君からいただいた唐菓子が入っている。

やわらかくて甘くて、あまりにもおいしかったので、食べた残りをもらってしまったけれど、これをあの者たちに配っても数が足りないし、いらない争いを引き起こすだけのように思えた。

……なにも、できない。力になれない。いずれ、なんて来るのだろうか。

倒れた人々に、心の中で謝り、こじかは俯《うつむ》いて下唇を噛《か》んだ。

門をくぐり、邸《やしき》に入った。タケルの邸が広くてうつくしいせいか、ここはやけにさびれているように映る。すべてに、色がない。枯れている。不安が湧くものの、こじかは胸を張った。

「私はやる。神に届く舞を身につける。そうすれば、タケルも助かる。あの人たちも」

「ありがとう、こじか。わたしもあなたを助けます。入内ではなく、淡海へ無事に帰れるよう、尽力します」

タケルは、こじかの目をしっかり見て話した。

なのに、こじかの胸の内が、ちりちりと警告を発した。『無事に帰れるよう』。そのひとことが引っかかる。確かに、最初の約束ではそうだったのに、微妙に食い違ってきた。

こじかは反発を覚える。タケルを信じたいのに、素直に頷《うなず》けない。それとも、これは別の気持ちなのか。

「これを貸しましょう。わたしが幼いとき、教本に使っていた舞の冊子です」

まったく違うことを考えていたので、こじかはどきりとした。

「私は、字が読めないぞ」

「挿絵を見るだけでも、動きを知ることができます。子ども用の平易な絵です。それに、あなたは聡《さと》い。都のことを母上にほんの少し聞いただけなのに、よく知っていますね」

「髪を乾かしている間に、いろいろと聞いただけだ。まだまだ知りたいことはたくさんある。では、ありがたく借りておく」

頭を下げ、こじかは両手で丁寧に、冊子を受け取った。

「なるべく早く、迎えに来ます。しばらくの間、待っていてください」

「私のことなら、心配は要らない。それよりも、母君が心配だ。庭を跳び回った私を鬼か天狗《てんぐ》だと感じ、動転してしまったなんて」

目を細め、タケルはつぶやいた。

「自分のことよりも母上を気遣うなんて、こじかはやさしい子ですね。わたしの妹……こすずは、天狗に喰《く》われたのですよ。そのせいで、母上は異形を恐れています」

「喰われた？　こすずという妹が」

「正確には、『連れ去られた』ですね。妹・こすずは、三歳のときに天狗に攫《さら》われました。先帝の皇女である母上には、忘れることができない瑕《きず》なのです。あなたにこすずの名を与えたことで、立ち直ったのかと思いましたが、そうではなかったようです」

驚くべき事実だった。こすずという名前には、秘密が隠されていた。

「だから、私がこすずという名をもらったと言ったときに、タケルはあんなに驚いていたのか」

「母上が、妹の名をあなたに渡すなんて。今回の引っ越し騒動は、わたしの責任です。こじかをいやな気持ちにさせてしまって、申し訳ありません」

「謝らないで。私も、勝手に跳んでしまった。これでよかったんだ。娘は、父に引き取られるべきだろう。さて、そろそろ行こう。見送りありがとう、タケル」

できる限り、こじかは笑顔を作った。タケルも笑みを返してくれた。

「それと、約束していた我が家秘伝の膏薬《こうやく》です。毎日、手の荒れや足首にも塗ってください」

「ありがとう」

渡されたのは、手のひらに収まるほどの貝。蛤《はまぐり》の貝殻が薬の入れものになっているそうだ。きゅっと、胸もとに押し当てる。だいじょうぶ、ひとりでも、できる。

こじかは、タケルとともに父への面会に臨んだ。


こじかの父は、散位。つまり、無職。

殿上人の別宅や中流貴族の邸が、ぽつぽつと建っている六条界隈《ろくじょうかいわい》。庶民の家が多く、空き地も畑もある。この地に、父はこぢんまりとした邸を構えていた。

右大臣家のある二条は、宮中に近い高級住宅地。六条はぐっと南に下ったお手頃な場所。主《あるじ》が散位ゆえ、訪れる者もなくひっそりとしていた六条の小家。帝の覚えがめでたい頭中将が訪れ、邸内は騒然とした。

父・前《さきの》淡海国司はこの数年、猟官活動に精を出していた。淡海国府炎上の責を負って以来、どこの国司にも任命されていない。

こじかの父は焦った。目をつけたのが、舞姫選定の件。右大臣家では、舞姫選びで悩んでいると聞き、前淡海国司は、ひらめいた。捨てていた姫の存在を、右大臣家へ赴いて訴えた。舞姫には、淡海にいる我が娘がふさわしい、と。

前淡海国司は娘を推薦したことを後悔しはじめていた。右大臣家に引き取られたはずの娘が一転、追い出された。しかも、お払い箱になった挙句、のこのこと六条へやってきた。

そして、父娘《おやこ》は久々の対面を果たした。


頭中将・タケルが同席しているときは、下座で媚《こ》びへつらっていたのに。

多忙なタケルは、父に挨拶《あいさつ》を済ませるとすぐに宮中へ向かった。残念そうだったが、淡海へ行ったぶん、仕事が山積みらしい。

タケルが帰ると、父は態度を豹変《ひょうへん》させた。荒っぽい脚音を立て、ところどころ破れて色褪《いろあ》せている御簾《みす》の内に隠れ座った。この邸で、こじかが歓迎されていないことだけは、ひしひしと伝わってくる。

ちらちらと、父の姿をこじかは窺《うかが》った。自分には、まったく似ていない。父は、痩《や》せていて気弱そうで華がない中年だった。がっかりした。

「早く淡海へ帰れ」

こじかは父に、冷たく言い捨てられた。できれば、こじかだって帰りたい。それでも、タケルの期待にも応《こた》えたい気持ちがある。都を、人々を救いたい。

「タケル……頭中将さまがお迎えにくるまで、どうか置いてください。ほんの何日かです。私は、舞姫にならなければなりません」

御簾の向こうから、二度と出て来ようともしない父に、こじかは頭を下げて訴えた。感激の対面など最初から望んでいなかったが、ここまで険悪なものになるなんて。

「帰れ」

「できません」

「金がないなら、お前が着ているその衵《あこめ》を売ればよい。右大臣家よりいただいた装束なら、高く売れるだろう。ゆうに淡海まで帰れる」

父はこじかを拒否した。タケルの手前、一応はこじかの身を受け入れたものの、勝手に逃げたとか消えたなど理由を作り、さっさとこじかを追い出す気満々でいる。

「私には、使命があります。神の怒りを鎮め、人々が穏やかな暮らしをできるよう、五節で舞を捧《ささ》げます」

「ばかばかしい。なにが、五節の舞姫だ。舞ひとつで世の中がまるく収まるならば、俺とてこんなに苦労しないわい。俺が散位を強いられているのは、お前の母のせいだ。あの女が、俺の人生を狂わせた！　忌まわしい母娘《おやこ》め」

込み上げてくる怒りを、こじかは必死におさえた。

「……母のことは、いずれ話を聞きたいと思います。今は、舞のことです。帝《みかど》や東宮に認められる舞を披露できたら、父上の任官もお願いしてみます」

「ふん。俺だって、最初からそのつもりでお前を薦めたのだ。お前が評判の舞姫になれば、俺の評価も上がる。なのに、かんじんの右大臣家を追われるとは。もう、よい。そなたのごとき荒ぶる娘に期待したのが間違いだった。さあ、こいつを外へつまみ出せ」

「お待ちください、あなた」

父の隣から聞こえたのは、中年女の声。ずっと同席していたようだが、はじめて口を挟んできた。中年女の合図で、御簾がくるくると巻き上がる。

こじかの一段上の床板に、薄っぺらい畳を一枚敷いて座っている、中年の男女がいる。痩せていて貧相なのが父、でっぷりと肥えている女は、おそらく正妻。こじかの継母《ままはは》。右大臣家で理想的な夫婦を見てしまったせいか、ひどく俗悪に映る。

「裳着《もぎ》前の、童女《わらわ》姿。髪は茶色がかっていて短い。肌も日焼けしているのか、白いとはいえない。顔立ちは、まあ悪くないのに、痩せ過ぎていて痛々しい。まるで鳥の骨。これが理想の舞姫だなんて、頭中将さまもひどい感覚をしていらっしゃる」

継母は、けたけたと嗤《わら》った。自分が見下されるぶんには我慢できる。でも、タケルまでばかにするなんて許せないが、反論したら邸に置いてもらえなくなる。こじかは必死に耐えた。

「おや、言い返さないとは、図星か。まあよい、これをここで使ってはどうかしら。先日、ひとり辞め、もうひとりは病で死にましたので。ただ働きなんて、見つかりませんよ」

「これを、邸で使うのか？」

外聞が悪いだろう、と父は露骨にいやな顔をした。

「娘は、頭中将さまの迎えを働きながら待つといい。使えるものは、使いましょう。その条件がいやならば、出て行かせるというのはいかが？」

「淡海へ帰すのが吉ではないのか。迎えが来ないことも考えられるぞ」

「そのときは、一生働かせればいいのでは。さあ、どうする。こじかとか呼ばれていたね。仔鹿《こじか》のことか。妙に納得する名ですこと」

父の家に置いてもらうには、『ここで働く』という条件があるらしい。父は渋っているから、劣悪ではないと期待したい。いったんは右大臣家に庇護《ひご》されたこじかを、使用人同然に扱うにはためらいがある気配。

タケルが迎えに来たときに『いません』『帰った』では、確かに都合が悪い。父は継母の提案に賛成した。

こじかも了解し、父の邸《やしき》でタケルを信じて待つことにした。

六条邸で同居している父の家族は、継母と姉姫。それに小さい弟君がいる。

長い間散位を続けているとあって、下働きが愛想をつかして次々と辞めていった。右大臣家の家司のようなことをして、なんとか任官先を見つけようと父は躍起になったが、かつて淡海国庁を全焼させた罪と縁起の悪さのせいか、本人の才《ざえ》のなさからか、どの職にもつけてもらえない。

各国の国司の任命は毎年、正月に行われている。

右大臣家に、娘のこじかの存在を知らせたのち、十一月の五節の舞姫として娘が有名になり、その褒美として年明けにどこかの国への辞令が出る、できれば豊かな大国か上国に、と父は妄想をしていた。

途中までは、順調に進んでいた。

仕事にありつけない夫を、継母は日々責めていたが、憎き継娘《ままむすめ》が家の役に立ったので上機嫌になった。淡海で浮気をして女子が生まれたと耳にしたときは、怒り狂った。国庁が焼け落ちて責任を負わされたときは、一家で絶望したが、こじかを利用することでようやく運が向いてきた。

せっかく、返り咲けそうだったのに、お荷物をかかえることになった。

「あなたが、舞姫になりそこないの、こじか？」

父母との対面を終えてひと息ついたところへ、若い娘が入ってきた。姉の沙由《さゆ》姫。通称・大姫《おおひめ》である。

大姫は、こじかよりも五歳年上の、十九。髪は長くて量も多くてうつくしい。ふっくらしていて、体型は母に似ている。ふくよかなのは当世風で、悪くはない時代。こじかのように、痩せこけて貧相な身体《からだ》つきのほうが受けない。

だが、肌が日焼けしているこじかよりもなお黒い。顔立ちも、これといって褒める部分がない。

婚姻の適齢期が父の不遇時代と重なってしまい、完全にいき遅れと化している。父も継母も本人も焦っているものの、恋文のひとつも届かなかった。財がなく、着古して色褪せた袿《うちき》を何枚も重ねている、先行きのない中流貴族の娘に、あえて求婚してくる者はいない。

「十四にしては細っこいし、なあにその短い髪は。やけにいい香りがするのに、尼じゃないんだから」

昨日、髪を洗ったあとに、タケルの母君がたっぷりと油を塗って乾かしてくれた。着ている装束にも、母君愛用の香をたきしめてある。

「都では、こすずと名乗っています。はじめまして、姉姫さま」

こじかは、右大臣家の母君に習った通り、丁寧に頭を下げて大姫に挨拶をした。うまくできたと思う。

けれど、大姫はこじかに姉と呼ばれたことが気に入らなかったらしく、こじかの髪をむんずとつかむと、強引に顔を上げさせた。そして睨《にら》みつけ、迷わず両頬を打った。

「誰があなたの姉ですって？　私には、妹などいません。あなたは邸の下働きよ」

「お迎えが来るまで、ここに置いてください」

ぶたれても、こじかは怯《ひる》まなかった。これぐらい、淡海で慣れている。

「ばかね。迎えなんか来るわけないじゃない。右大臣さまはお怒りなの。せいぜいここで死ぬまで働きなさい」

「頭中将さまは約束してくれました。迎えに来る、と」

「あのきれいな公達《きんだち》？　あんな人に近づけるなら、私が舞姫をやるわ。あなたじゃ、身分違いもいいところ。妻とはいわない、通いどころのひとつでもいい、良家の公達と結ばれたいわ」

「身分違いでも私は、頭中将さまを信じています。舞姫になります」

ひたむきなこじかの態度に、大姫は白けてつまらなそうにこじかの髪から手を離した。

「まずは、私の母屋を清めて。あなたを借りるって、母さまには言ってあるから」

さっそく、こじかは大姫の居室へと連れて行かれた。途中、誰とも会わなかった。

廊下の板張りはところどころ朽ちて穴が開いているし、庭の草木は伸び切って荒れ放題。小さな池の水は濁っており、いやな臭いがする。

姉の部屋も、長い間手入れがされていない惨状だった。半年、いや一年ほどは放置されていたように見える。調度や床全体が埃《ほこり》を被《かぶ》っている。絵巻も広げっぱなしで、幾重にも折り重なり、食べ物のかすも落ちているので列を成した蟻《あり》が這《は》っているし、垢《あか》じみた衣も脱ぎっぱなし。いったい、どこで寝ているのだろうか。

「さっさと動いて、今日じゅうよ。ほらほら、陽が暮れてしまう」

そう命じると、大姫はどこかへ消えてしまった。

こじかは考える。どこから手をつけようか。倒れた几帳《きちょう》を起こすも、置く場所がない。几帳の下には、さらに塵《ちり》が雪のように積もっている。仕方なく、几帳は庭に面した廂《ひさし》の間にとりあえず避難させることにした。

「こじかって、もしかしてきみのこと？　几帳をひとりで担ぐなんて、怪力なんだね」

いつの間にか、廂には幼い男の子がいた。五、六歳ほど。何度もまばたきを繰り返し、こじかの姿を確認している。

「なあんだ。淡海から『こじか』が来たっていうから、邸の中で赤ちゃん鹿を飼うのかと思ったのに、つまらないなあ」

男の子は心の底からがっかりした様子で、肩を落とした。

「末の、弟君《おとうとぎみ》なの？」

「うん。わたしは幸若《さちわか》」

しゃがんで腰を落としたこじかは、弟と視線を合わせた。

「私は淡海から来た、こすずと言うの。よろしくね」

幸若の容貌《ようぼう》は、父にも母にも姉にも似ていない。着ているものは少々くたびれているけれど、目が澄んでいる。幼さのせいか、家に染まっていないのか。こじかは好感を持った。

「こすず？　こじかじゃなくて」

「こじかは淡海で呼ばれていた名。あの、ここを片づけたいんだけど、道具がどこにあるか教えてくれるかしら」

「こじかって呼んでいい？　こすずなんて、普通でつまらないよ」

『こじか』にこだわっていた幸若は、まばたきもせず、じっとこじかを見つめている。いじらしいほどだ。

「分かった。こじかでもいいよ」

幸若は、庭の奥のほうを指差した。

「あっち」

「ええと、もうちょっと詳しく教えて？」

「小屋がある。その中に、箒《ほうき》とかあったはずだよ」

確かに、小屋の屋根が見えた。生い茂った庭木が邪魔で、すぐにはたどり着けそうにもない。跳ぼうか。こじかは自分の脚もとに視線を送った。

「幸若君《ぎみ》、これから見ることを誰にも話したらだめよ。これ、あげるから」

こじかは母君からいただいた唐菓子をひとつ、幸若の前に差し出してみた。甘いものだと気がつくと、幸若は目を輝かせた。

「しない、絶対にしないよ！」

こじかは幸若の手のひらにそっと菓子を載せた。すぐに夢中で食べはじめる。

「あまい！　おいしい、ありがとう」

最後のひとくちを口に入れ、幸若は指まで丁寧に舐《な》めた。

こじかは身に着けている衵《あこめ》を脱ぎ、身軽になって小屋まで跳んだ。廂を蹴《け》り、庭を跳び越えて築地塀《ついじべい》まで一歩。鈴が鳴る。塀の上をゆうゆうと歩き、小屋から使えそうなめぼしいものを持ち帰った。

空の長櫃《ながびつ》に、汚れものを次々と放り込む。洗えるものは洗い、どうしようもないものは集めて捨てる。

幸若は、こじかの跳ぶ姿を楽しんで見ている。たまに、あれはここ、それはそこなどと、もともとあった位置を教えてくれた。

とはいえ、一日や二日では終わる量ではない。大姫の部屋だけでなく、邸の中心である寝殿・からっぽの蔵・煤《すす》けた厨《くりや》・荒れた庭など、清める場所はいくらでもあった。あてがわれた部屋……馬のいない厩《うまや》で、こじかは寝起きしながら、邸の片づけを進めてゆく。右大臣家でいただいた上等な袙や袴《はかま》は取り上げられてしまったし、せっかく手入れをしてもらった髪や肌も荒れはじめ、再び淡海のこじかの姿に戻った。

しかし、気楽だった。

こじかの楽しみは、タケルが貸してくれた舞の教本。寝る前に、月明かりの下で眺めるのが日課になっている。タケルからの連絡はまだないけれど、この本が手もとにある限り、タケルとつながっている、そんな気になれる。

「あしをまえに、みぎては……」

父母の目を盗み、厩にまで顔を出すようになった幸若が、こじかの手から教本を取り上げて舞の解説を読み上げた。よどみなく、するすると。

「幸若、字がたくさん読めるんだね」

「うん。ひらがなは読める。漢字は勉強中だけどね」

優越感からか、幸若は胸を張ってどうだとばかりにこじかを見下ろした。自信にあふれている幼い子の様子は愛らしい。見ているだけで心が和んだ。

「えらいね。さすが、貴族。で、何歳だっけ？」

「わたしは八つだよ」

「そんなに大きかったの？」

こじかは驚いた。幸若は小柄なので、もっと幼いと思っていた。

「失礼だな。これから大きくなるんだよ」

頬を膨らませ、幸若はむくれた。

「ごめん。ねえ、もっと読んでちょうだい。私は字が読めないんだ。タケルが来たら、甘いお菓子をうんと持って来てくれるように、お願いするからさ」

懐にあった唐菓子は幸若が食べ尽くし、とっくになくなっていた。甘いものと取り引き、という誘いに幸若は手をたたいてよろこんだ。

「いいよ。こじかは、字が読めないんだね」

こじかは必死に字を覚えた。寝る間も惜しんで。そして舞の型を真似《まね》してみる。疲れ果て、毎晩ぐっすりと寝た。父の邸《やしき》に移ってから十日以上経《た》ったけれど、タケルからは迎えどころか、文すら届かなかった。

まさか、忘れられてしまったのだろうか。

ただ、こじかができなかったことを、タケルはやってくれた。六条邸の門前に倒れていた人々のため、近くの空き地に小屋を建て、保護した。

邸の厩に、藁《わら》だけは余っていたので、わずかでも寒さがしのげるようにと、こじかは両脇に藁をかかえて門を出たところ、向かいの家の門番が小屋のことを教えてくれた。道は、すっかり掃き清められていた。

ありがとう、とこじかは二条のお邸の方向に向かって手を合わせた。

「炎の娘のくせに」

大姫は、機嫌が悪かった。

どんどんと、踏みならす音を立てながら、廊下を歩いている。こじかが来てからというもの、明らかに邸が片づけられ、うつくしくなっている。

下働きを切りつめられるだけ減らした、みじめな中流貴族の邸は荒れていたのに。こじかが来ただけで明るくなった。それが気に入らない。

「この邸にも、火をつけるのではないかしらね」

こじかは、厩で寝起きしている。掃除以外で母屋へ入ることを許していない。幸若が、こじかにまとわりついているところを何度か見かけた。あの女童《めのわらわ》は、他人……特に男を手なずけるのが上手《うま》い。父が鄙《ひな》つ女の色香に惑ったように、その穢《けが》れた血は、娘のこじかにも濃く受け継がれている。なんて汚らわしいの！

「厩……馬屋に鹿が寝ているなんて。馬鹿馬鹿しくて笑い話にもならない」

藁が積まれているのは、つい先ごろまで馬がいたからだ。

父は馬を愛《め》でていて、暮らしが傾いてもこれだけは手放そうとしなかった。けれど、舞姫の件を右大臣に進言する際に、仲介料を工面するため、とうとう売ってしまった。馬は、六条邸の最後の宝だったのに。

厩の近くまで、大姫は脚を運んだ。こじかを探るために。

陽が暮れると、こじかは藁をかぶってしまうという話は真実で、西の空がまだ赤いのに、藁にくるまっていた。かすかに残る光で、なにかを必死に読んでいる。公達からの文だろうか。

あんなにうつくしい公達に守られていることだけでも、こじかが許せない。懇意にしているのは、右大臣家の頭中将。ゆくゆくは位人臣を極める公達。自分には、望んでも手に入らない高嶺《たかね》の花。

わざわざ、大姫が母屋から離れている厩を訪れたのには理由がある。こじかは火が嫌いだという噂《うわさ》を耳にしたからだ。あの娘と、話がしたいわけではない。

からかってやろう。脅かしてやろう。大姫の心に芽生えていたのは、焦りと怒りと嫉妬《しっと》。

こじかに気がつかれないよう、大姫は持っていた紙燭《しそく》を慎重に藁の隅へと置いた。そして逃げる。紙燭の火は燃えやすい藁束にぱっと移り、めらめらと燃え出した。

火を見て、泣き叫べばいい。淡海へ帰ればもっといい。大姫は、自分が舞姫になる夢を見ている。衆人に環視されても、邸でくすぶっているよりはましだ。運が開けて来るかもしれない。六条の邸で、じめじめと一生を過ごすぐらいなら、いっそのこと若さごと運を賭《か》けてみたい。

大姫は庭の木の陰に隠れ、厩を見張った。

こじかは間もなく火に気がついた。藁が勢いよく燃えている。下草や厩の柱にも燃え広がろうとしている。大姫が想像していたよりも、火の回りは早い。

けがをしろ。やけどしてしまえばいい。

もし、こじかが焼け死んだら。そんな想像もしてしまう。大姫としては死んでもらって構わないが、こじかは義妹である前に、右大臣家からの預かりもの。失火で死んだとなれば、父が責任を問われるに違いない。でも、もうやめられない。あとには引けない。

「おお」

たちまち、見上げるほどの火柱が立った。怖《おそ》ろしいのに、火の燃え上がる光景は神々しくもあり、魅入《みい》ってしまう。火に興奮して目を輝かせる大姫が、木の陰にひそんでいることもこじかは気がつかない。いっそう妹が憎くなった。焼けてしまえ、炎の娘よ。

だが、それ以上、火は大きくならなかった。

母屋の女房数人が煙と臭いに気がついて騒ぎはじめ、火を始末した。草や柱を多少焦がしただけで、こじかの身体《からだ》は無傷だった。その細い身体に、消えない瑕《きず》がつけばよかったのに。大姫は舌打ちをしてその場から逃げた。

邸内では、こじかが火を出したことになっている。父にひどく叱られ、こじかはいっそう追いつめられた。

小さな味方を得たとはいえ、父の邸での暮らしは厳しい。早朝から日暮れまで、絶え間なく仕事を手伝わされる。助かったことは、継母《ままはは》が吝嗇《けち》なあまり、火や油を極端に使わなかったこと。暗くなってきたら、仕事は終わる。

十月に入ると、次第に冷え込んできた。厩で寝るのも、そろそろ限界だろう。五節は例年、十一月だという話なので、あとひと月しかない。

こじかが丁寧に床を拭《ふ》いていると、庭先から声がかかった。

「おお、実に仕事熱心だが、ひどい風貌《ふうぼう》。単衣《ひとえ》も髪も乱れている」

「宮！」

顔を上げた先には、右大臣家を追われる理由を作った根源の、東山宮が立っていた。

「よい天気だ、出かけよう。そなたの父には許しを得た。タケル中将から預かった文も持っているのでね」

「タケルからだって？　文を寄越《よこ》せ」

息を弾ませたこじかは、身を乗り出した。タケルの文がほしい。

「あいにくと、文は車の中。ついて来い、さあ」

「いやだ。この、人攫《ひとさら》いめが。文が先だ！」

手を引こうとする宮を、こじかは叱った。

「逢《あ》い引《び》きする場所と刻《とき》が、書いてあったなあ。それでも乗らないとでも？」

「人の文を勝手に読んだのか。しかも、逢い引きなど」

「文を渡すには、条件がふたつある。ひとつ目は、こじかが今日一日、我《わたし》に付き合うならば」

「分かった。行こう」

文がほしい。言い合いを続けても無駄だと思い、こじかは即答した。

「素直でよろしい。さて、ふたつ目は……」

宮は次のことばをもったいぶるように、なかなか話し出そうとしない。こじかは、焦《じ》れてしまう。その様子を、宮は笑いながらつぶさに観察している。

「早く言え」

「はいはい。ふたつ目は、タケルには絶対に恋心をいだかないこと。できるか？」

タケルに、恋を？　まさか。一瞬、こじかは息が詰まりそうになった。

「タケルは私の兄になる人。恋なんて、まさか」

「どうだろう。こじかは身体も心も未熟ゆえ、案外気がついていない部分で、ということはあると思うよ」

「いいや。タケルは素敵な人。好きだが、それは兄として」

「はっきり言い切るところがあやしいなあ」

容赦なく、疑いの眼差《まなざ》しを浴びせてくる宮に、こじかはむっとした。

「うるさい！　私がなんでもないと言ったら、なんでもないんだ！　タケルは兄だ」

この、宮という人は、こじかの心をいつもかき乱す。油断ならない。とはいえ、勢いで罵倒《ばとう》してしまった。すぐに謝らないと。宮のうつくしい顔を曇らせてしまった。こじかの粗野な振る舞いが、あとでタケルの耳に入って、嫌われでもしたら悲しい。

「言い過ぎた。すまない……宮は、働かなくてよいのか？」

「我は動かないことが、みなに喜ばれるのだ。宮などという目障りな存在はいないほうが、藤原氏は働きやすい」

「動かないほうが、喜ばれる？　空《むな》しくないのか」

こじかの率直な問いかけに、宮はふふんと鼻で笑った。

「おもしろい娘だ。そのうち、こじかにも我の窮屈さが理解できるだろう。さて、車に行こう。タケル中将はお役目熱心ゆえ、昼間はなかなか出歩けない。淡海帰りで仕事も滞っているし。陽が暮れるまでには、こじかをこちらへ戻すよ」

仕方なく、こじかは腰を上げた。幸若に『出かけてくる』と告げ、門外へ出た。

宮が準備した牛車《ぎっしゃ》に乗る。外見はあっさりとした、目立たない仕立ての網代《あじろ》車だけれども、内装はうつくしくて細かな意匠に凝ったつくりをしていた。車の天井には緻密な星宿図が、側面には都の大路小路《こうじ》図が描かれている。

ゆるゆると、車が動き出す。宮は、こじかに寄り添うように座った。ちょっと近過ぎるが、車内は広くないので我慢する。

「いやはや。任官にあぶれると、邸も荒れるのか」

「これでも、私がだいぶ片づけた。庭の池もさらったし」

「さらった？　池を？」

こじかにとってはよくある作業のひとつなのに、宮は目を丸くした。

「寒くなる前に、腐った水を鴨川《かもがわ》に流して。木の枝、落ち葉、小動物の死体もあったな。鳥、鼠《ねずみ》、犬……得体のしれない骨……」

指を折って数えるこじかに、眉《まゆ》をひそめた宮だった。

「その話はもういい。ここに装束がある。まずは着替えて。ひとりでできぬのなら、手伝おう」

「自分でやる。後ろを向け。覗《のぞ》くなよ」

宮は、油断ならない相手。こじかは宮に背を向けて着ていた単衣を脱ぎ、手早く新しい衣に替える。宮が用意してくれたのは、目にも涼し気な夏萩《なつはぎ》色の袙《あこめ》。その、袖《そで》の中で、なにかに触れた。

ごそごそと探ってみると、折り畳まれた結び文が出てきた。なにが書いてあるのだろうか。こじかはどきどきしながら、さっそく、開いてみる。薄様という上品な紙は、ごく淡い紅色をしている。

「タケルの字!」

こじかは胸が高鳴った。では、この装束も宮ではなくて、タケルからの贈り物? ほとんど字が読めないこじかは、読み聞かせてくれるよう、宮にお願いをした。

「我に読めと? 代償は、高いぞ」

文句を言いながらも、宮はよい声で渡された文を読み上げる。

「『こじか

今日は、東山宮さまがあなたとお出かけなさりたいそうです。すべて、宮さまにお任せを。よき人です』」

いや、相当に悪い人なのに。こじかは唸《うな》った。

「貸して!」

こじかは、宮の手から文を奪うようにもぎ取った。文を見返す。漢字が交じっていて、やはり読めない。それでも、タケルの薫りがする気がした。しばらく逢《あ》っていない。逢いたい。

「都の姫は、そのように荒っぽい真似《まね》はしないよ」

「荒っぽいのは宮のほうだ。宮が『よき人』なんて、信じられない。タケルと逢える日にちも、書いてないぞ。宮の嘘《うそ》つき」

「ふん。男女の文と言えば恋文、逢い引きの約束だろうが。残念だな」

こじかとタケルは義理の兄妹《きょうだい》。恋人どうしのような逢瀬《おうせ》なんてありえないのに、否定をしたら、タケルの存在がさらに遠くなりそうで、できなかった。逢いたい。

「右大臣は、お前のことをひどく怒っている。このままでは、六条で下働きをしているうちに、五節の舞が来てしまうよ」

「私は舞う。必ず。タケルには、舞姫をさせたくない」

「へえ。その話、聞いたのか。タケルの舞姫、妙案だったのに」

にやりと、宮はいたずらっぽく笑って見せた。たまに、高貴な身分の人とは思えない顔つきをする。こじかはあきれながらも一緒に笑ってしまった。


牛車で連れて行かれたのは、東の市。

市から、やや離れた場所で車を止める。

宮に髪を梳《す》いてもらったあとで、笠《かさ》をかぶって降り立つと、道の両脇や小路の奥にもずらりと店が立ち並び、たくさんの人が行き交う様が遠目にも見てとれた。活気ある声がいくつも聞こえてくる。こじかの気持ちも盛り上がってきた。

「ねえ、にぎやかだよ。都に来て、初めて見た！　早く見に行こう、宮！」

脚の鈴を鳴らし、こじかは軽やかに歩き出そうとした。

「待て、そう急《せ》くな。市では、我のことを『宮』とは呼ぶでない。一応、お忍びだ」

当然のことながら、宮にはぞろぞろと護衛がついている。見える場所、見えない場所から多くの監視がある。少なくとも、十人はいる。

「では、なんと呼べばいい？」

「そうだな、『アカツキ』というのはどうだ」

アカツキ。暁。陽が昇る、東の山の宮、か。

「欲しいものがあったら、買ってやる。遠慮なく言え」

「ありがとう」

いやなやつだとばかり感じていたけれど、気前がよい一面を知り、いくらか宮に好感を持てた。

「それから注意しておくと、市には人買いなどもいる。我から離れるでない」

「うん！」

ふたりのあとを追う護衛に、宮は舌打ちをした。

「こじか、走れるか。やつらを撒《ま》くぞ」

返事も聞かずに、宮はこじかの手を握って市の人波に突っ込んだ。

こじかの鈴がちりちりと鳴る。かぶっていた笠が吹き飛んだが、拾うひまもない。

宮は巧みに人を避け、市の中を縫《ぬ》うように走って進む。速い。振り返ると、護衛の姿はひとり、ふたりと、徐《よ》々に減っていた。都の、ぬるい皇族だろうとみくびっていたが、宮は身体能力が高い。

「おい、宮……ではなかった、アカツキ！」

「護衛だらけでは楽しめない。どうせ、監視されているのだ、どこにいても。だったら、たまにはこれぐらいしても許される」

うまく隠れただろうと、子どものような笑顔を見せてくれた。心が軽くなり、こじかも頷《うなず》いた。

ふたりは、護衛を引き離すことに成功した。ようやく、落ち着いて周りを見渡せた。

市には、珍しいものがたくさんある。食べ物、着る物、調度、薬、生きている鶏や牛、それに馬まで。あやしげな技を披露している者、占いをする者、仏の道を説く僧侶もいる。

走って乱れていた息も整ってきた。わくわくする。

幸若におみやげを買おう。もちろん、甘いものを。外にはほとんど出たことがないというし、きっと喜ぶ。

「そこの小柄なお姫さま、こいつはどうだね」

呼ばれたこじかが振り向くと、宝玉の店だった。地面に敷いた布の上に、きらきらしたものが多く並んでいる。器に入っている色とりどりの宝玉類、観賞用にする大きな石や貝など、どれもはじめて見るものばかり。

「背の君、かわいい恋人にひとつどうだい」

「恋人ではないわ！　このように色気もない娘が、我の恋人などとは心外な」

店の主《あるじ》は、こじかと宮が恋人どうしだと思ったようだ。手をつないでいるので、勘違いが起きるのも仕方ない。宮は、ぱっと手を離した。

「まあまあ、ちょっとでいいから見て行って。掘り出し物もあるよ」

こじかは誘われるがまま、店先にしゃがんでおそるおそる宝玉をひとつずつ眺めた。目についた碧玉《へきぎょく》を手に取らせてもらう。

「きれい」

陽の光を浴び、きらきらと輝いている。

「碧玉が気に入ったのかい、お姫さま。お目が高いね。そいつは大陸渡りの上物だよ。ずっとずっと西から届いた品だってさ」

「たいりく……西？」

首をかしげるこじかに、宮が解説を入れてくれる。

「我が国の西海の果てに、大陸がある。西に続いていて、我らとは異なった暮らしを送っている。肌や髪の色も目の色も、話すことばも違うとのこと」

「色が？　ことばまで違うなんて」

淡海住まいのこじかには信じられない。

「信じがたいが、あるらしいぞ。大宰府《だざいふ》や高志《こし》などには、たまに流れてくる。西方の異人が」

「……私の母の目は、この珠《たま》と同じ、碧色《あおいろ》をしていたと聞いている。まさか、母は海の向こうからの客人だったのか？」

「ほう。目が碧色、か。そなたの目は、黒いが」

宮にまじまじと見つめられ、恥ずかしくなったこじかは目を逸《そ》らした。ふざけてばかりいるけれど、宮は気高く凛々《りり》しい。タケルは涼やかでどこまでもやさしい。

「よし、買ってやろう。いくらだ。おい主人、珠を紐《ひも》に通してくれ」

「高そうなものは、いただけないぞ！」

こじかは遠慮したものの、宮は指示を出して、碧玉を首飾りに仕立ててくれた。すぐに出来上がった。追加したのか、首飾りには白珠もたくさん連なっている。宮が碧玉に合うように、見繕ったようだ。

「すごくきれい。ありがとうございます、宮……ではない、アカツキ」

「ほう。こじかのくせに珍しいな。すがすがしい返答もできるのか」

意外だな、という目つきで宮はこじかの顔色を窺《うかが》った。

「私にだって、お礼ぐらいはできる。でもなぜ、首飾りにしてくれたの？　お守りとして、袋に入れるだけでもよさそうなのに」

「なぜだろう。そなたの素肌に、つけてほしかったのだ。無性に」

出来上がったばかりの首飾りを、こじかは宮につけてもらった。髪をかきあげておさえ持つ。宮の両手がこじかの首筋を這《は》っている。こじかは、じっとしているのに髪を持つ指が震えてきた。どうやら、緊張しているらしい。

「できた。かわいいこじか。赤ちゃんこじかよ」

宮は、こじかの首筋に荒っぽい息を、ふっと吹きかけた。驚いて、宮の身体《からだ》を押してしまった。

「れ、礼は述べるが、ふざけるのはいいかげんにして、アカツキ！」

店を冷やかし、牛のセリを見たり、買い食いをしたりして、市を楽しんでいたがやがて、護衛につかまってしまい、こじかたちは市をあとにした。

「楽しかった。絶対に、また連れて行ってくれ、じゃない。連れて行ってください、アカツキ！」

「そうだね」

宮は疲れた様子で欠伸《あくび》をした。

市をもっと見ていたかった。妖艶な舞を披露している女もいた。こじかの舞に役立つかどうか、はっきりしなくても、見るだけでおもしろかった。火や刀を操りながら踊る男もいた。

自分が見知っていた暮らしは、なんて小さかったのだろう。はじめは、淡海の国司館だけで生きていた。都へ出てからも、父の邸《やしき》で飼い殺しにされていた。

六条までの束《つか》の間、こじかは宮に寄りかかって眠っていたが、がたんと小石にぶつかったときの車輪の揺れで起きた。

苦手な人だと思っていたのに、今日の宮は違った。一日中、こじかの相手をしてくれた。幸若や家族へのおみやげもたくさん買ってもらった。気が晴れた。

宮もまた、こじかを抱き留めるような姿勢で寝ている。派手で華やかな顔。背も高く、人目を惹《ひ》くうつくしさは市でも際立っていた。こじかが凝視していたせいか、宮も目を覚ました。

「おや。我《わたし》に見とれていたとは。赤ちゃん鹿が、ようやく美に目覚めたか」

「赤ちゃん鹿なんて、やめてくれ。ほら、着いた」

車の揺れが止まった。牛が外され、降りる準備ができると、宮は、丁寧にこじかを抱いて降ろそうとする。

「恥ずかしい。自分でできる。市に行ったときは、ひとりで降りたのに」

「そうはいかない。この邸の輩《やから》に、我がこじかを大切に扱っているということを、見せつけておく必要がある。うん、装束を着ていてもなお、軽いな」

父の許可も得ず、宮は母屋へ入ってゆく。

「邸の主はどこだ、前淡海国司《さきのあわみのこくし》よ」

貴人の闖入《らんにゅう》に、父はあわてて出てきた。こじかは宮に抱きかかえられたままだったので、父は目を丸くした。さすがに重くなってきたのか、父や邸の者たちに見せつけることに成功したからか、宮はこじかの身体を丁寧に下ろした。

「あなたさまが、こじかを連れ出したお方ですか」

「いかにも。我は、こじかが欲しい。もらってゆくぞ」

聞き捨てならない流れになって、こじかはことばを挟もうとしたが宮の手によって口を塞《ふさ》がれてしまった。

「もらうもなにも、乱暴な。困ります。こじかは、右大臣家からの預かりもの。勝手に動かせませぬ。幸若より聞いたが、そもそも『東山宮』など、耳にしたことも目にしたことも」

「我が欲しいと言えば、なにもかも手に入る」

「となると、あなたさまは盗賊かなにかでしょうか」

うろたえる父の前で、宮は悠然と笑った。

「前国司程度の者が覚えていなくても当然だが、我は東宮だ。東山宮の名は、頭中将が作った仮の名よ。我は、こじかについて話が聞きたい。前国司よ、ついて参れ。こじかはしばし、ここで待つように」

「と、とうぐう、さま……？」

東宮とは、皇太子のことではないか。母君に教えてもらった。

「そなたのことについて、知りたい。少し待っていろ。今日からこじかは我が引き取る」

「勝手に決めるな。私が待っているのは、アカツキではない。タケルだ」

「あやつは迎えに来ないではないか。こちらの邸での扱いはひどい。これ以上、こじかを捨てておけない。我が梨壺《なしつぼ》に持ち帰る」

聞く耳を持たない宮に、こじかはなおも食い下がる。

「私はタケルの妹。右大臣家の舞姫だ」

「悪いようにはしない。約束する。我のもとへ来い」

断言できる宮の強さを目の当たりにして、こじかは迷いはじめた。舞姫を諦《あきら》めて宮に救ってもらえば、ラクになれる？

宮が、父をとらえて別室へ移動した。どのような取り引きがなされるのか。

ひとり、残されたこじかは不安を募らせた。宮が東宮……皇太子だったなんて。軽々しく出歩ける身分ではない。風変わりな宮だ、こじかを引き取って猫のように飼うつもりなのかもしれない。

その場に佇《たたず》んでいると、こじかの背後から声がした。

「あのお方って、東宮さまなの？」

「頭中将さまだけではなく、東宮さままでたぶらかしていたとは！　仔鹿《こじか》ではなく、狐狸《こり》のたぐいか」

出てきたのは、几帳《きちょう》の裏に隠れていた姉と継母《ままはは》だった。

「とんでもない娘だ、空恐ろしい。卑しい母親に似たのか。ああ、いやだいやだ。汚らわしい」

我慢しようと思っていたのに、母のことを悪く言われ、こじかは黙っていられなくなった。

「宮が東宮だなんて、私だって今、知ったんだ。母のことまで悪く言うのは許さない……謝って。母に謝れ！」

なるべくおとなしく、都の姫君らしくなれるよう、気をつけていたはずなのに、こじかは怒りがおさえきれなくなり、床を強く蹴《け》って継母を目がけて飛びかかった。タケルからもらった鈴がちりちりと鳴って警告を発したけれど、こじかの耳には入らない。

「なんだい、その細っこい腕で歯向かうのかい」

「こじかのくせに生意気だわ」

姉も参戦し、三人はつかみ合いになる。いくら鄙育《ひな》ちとはいえ、ふたり相手に勝てるはずもない。それでも抗《あらが》い続けたので、こじかの首もとにかけてあった首飾りが、装束の前合わせより見え隠れしてしまった。目ざとく、大姫は手を伸ばした。

「あら。この首飾り、きれいな色。寄越《よこ》しなさいよ」

「勝手に触るな、やめろ。これは私のもの。ほかにも、おみやげはたくさん買ってもらっている。そちらから選べ」

「これがいいわ。母さま、こじかの腕をおさえて」

ふたりがかりで、こじかの首飾りは引きちぎられた。珠は、ばらばらと音を立てて床に転がる。大姫が袖《そで》を大きく広げ、急いでかき集めた。

「ふん。こじかのくせに、こんなきれいな珠はもったいない。東宮さまと頭中将さまにちやほやされるぐらいなら、私が舞姫になろうかしら」

「舞姫なんか、下賤《げせん》の者がすること。衆人に顔を見られるなんて、恥ずかしいことこの上ない」

「それもそうね。ま、この子は生まれが生まれだから、気にしないだろうね」

継母と姉姫は、床に這《は》いつくばっているこじかを見下して嗤《わら》った。

「舞姫は立派なお役目だ。あんたたちみたいに邸の奥にいて、人の噂話《うわさばなし》や嫉妬ばかりして、ぼんやりと年月を過ごすなんて、無為そのものだ！」

負けたくない。返せ。こじかは大姫の袖に、必死に食らいつく。

「私たちを侮辱したわ。ねえ、母さまも聞いた？」

「ああ。さすが、あの女の娘。お仕置きが必要そうだねえ」

とっさに、継母に髪をつかまれ、こじかは身を硬くした。大姫はこじかの裾を両脚でどっかりと踏んでいる。夢中で脚をばたつかせてみても、こじかの鈴が、むなしく鳴り響くだけ。

継母と姉姫の顔には、激しい憎悪が浮かんでいた。殺意すら感じる。じりじりと這ってみたが、かえってこじかは壁際まで追い込まれる形になってしまい、もう逃げられなかった。

諦めかけたところへ、新しい影が割り込んできた。

「こじかをいじめないで、母さま。姉さまも、やめて！」

間に入った小さな影は、幸若のものだった。ぽろぽろと、大粒の涙を流している。

「幸若、なぜここへ」

「いい子だから、あっちへ行ってらっしゃい」

かわいい息子が来たせいか、継母はこじかの髪から手を離した。姉も、気まずそうに脚を引っ込める。

「ううん。わたし、こじかを守るの。こじかのこと、好きだから。こじかはね、ひとりでがんばってきたんだよ。わたしも、新しい姉君が見つかって、うれしいんだ。だから、助けるの。宮さまも、こんなにたくさんおみやげをくれたよ」

幸若の懐や袖には、お菓子がいっぱい詰まっている。泣きながら、笑っている。継母と大姫は、おおげさにため息をつき、こじかと距離を取った。

姉たちと手の届かない距離になったので、こじかは幸若に向き直った。

「幸若、ありがとう」

小さな手で、こじかの頭を撫《な》でた幸若は、乱れてしまった髪を直してくれる。

「礼など、要らないよ。それよりこじか、あの宮さまについて行くの？」

「ほんとうは、頭中将さまのお迎えを待っていたんだけど、ここにいるよりはましかも」

六条の邸には、いたくない。継母や大姫に虐げられる暮らしは、いやだ。血がつながっているると思うと嫌いになれないし、淡海にいたときよりもつらい。

「だめだよ、ほかの人について行くなんて。宮さまが好きなの？」

「ううん。どちらかというと、苦手」

頼りなく、首を横に振る。宮のそばにいるのは、不安だ。

「じゃあ、だめ。こじかが折れるなんて、わたしが許さない。頭中将さまに助けていただこうよ」

「でも、どうやって。文も届かないのに」

「頭中将さまからの文なら、母さまたちが読んでいるよ。毎日、同じ刻《とき》に届くって、うんざりしていたでしょ？」

冷たい目をした幸若が、母と姉とを振り返った。

「なんてことを、幸若。あの宮さまは、ただの宮ではなく、東宮さまなのよ。頭中将もよいけれど、御身分からしたら東宮さまを選んでしかるべきです」

「そ、そうよ、もったいない！」

母と姉の総反対を受けたにもかかわらず、幸若は引かなかった。

「こじかの心が宮さまに向いていないなら、仕方ないよ。わたしだって、おみやげをいただいてしまったし、宮さまのお味方をしたいけど、こじかの気持ちがいちばんだもの。そろそろ、文が届く刻だね。わたし、門の前に立って、頭中将さまのご使者さまをお待ちします。こじかはとにかく、間を稼いで」

「東宮さまに睨《にら》まれたら、この家は終わる。幸若、やめて！」

震える声で、継母が懇願した。

「頭中将さまがなんとかしてくださるよ。そもそも、こじかを連れて来たのは宮さまではなく、あのお方なんだし」

幸若は、行動力ある童《わらわ》だった。沓《くつ》も履かずに、さっと裸足《はだし》で門のほうへ歩いて行った。

「誰か、幸若を止めて！」

継母が叫ぶも、まるで人は来ない。こじかはいてもたってもいられず、幸若のあとを追った。待っているのは性に合わない。誰かにつかまえられそうになったら、跳んで逃げればいい。

廂《ひさし》の間から、こじかは脚の鈴を大きく鳴らしながら、跳んだ。継母と姉姫がこじかの跳び幅に驚き、きゃあきゃあと甲高い声を発してわめいている。

こじかは塀の上に腰かけた。遠くまでよく見渡せるように。眼下に幸若が立っている。

「だめだよ、こじかは邸《やしき》の中で待っていないと。騒ぎが大きくなってしまったじゃないか」

「……ごめん。じっとしていられない」

「たぶん、もうすぐ来るはずなんだ。口止めされていて言えなかったんだけど、頭中将さまからと思《おぼ》しきお使いは、夕暮れ近くにやって来るよ」

こじかはなにも知らなかった。捨てられたのではないかと、タケルを疑いはじめてさえいたのに。

「母さまと姉さまが、文を盗み見ていたこと、わたしは気がついていたのに、なにもできなかった。こじかは、字が読めないし書けないからね、母さまが、口頭で返事をしていたみたい」

「ひらがなだけなら、だいぶ読めるようになった。幸若のおかげだ」

「舞も、さまになってきた。わたしは、がんばっているこじかの力になりたい」

貸してもらった教本をもとに、声のいい幸若の歌に合わせて舞を特訓した。しろうとの練習でも、こじかは音と舞を合わせる楽しさを知った。

「ありがとう、幸若」

弟は、まだ幼いのに。励まされた。まばたきを繰り返し、涙がこぼれそうになるのをごまかした。

タケルの使いが来てくれれば、宮がこじかを連れ去ろうとしていると伝えられる。こじかは祈った。どうか、早く来てほしい。

宮と父の話は、間もなく終わる。継母たちの騒ぎを聞きつけて出てきてしまうかもしれない。もしものときは、ひとりで逃げるべきか。こじかひとりで、タケルと再会できるだろうか。知り合いのいない、都で？

いったんは、宮のもとに身を寄せてもよいかと考えたけれど、それは甘かった。舞姫を果たしたい。祈りを捧《ささ》げたい。タケルを救いたい。宮はタケルの味方ではない。むしろ、相反する存在。

「こじか、下りて来なさい。この子がどうなってもよいのか」

こじかが見下ろすと、宮が立っていた。外に出たことを、気がつかれてしまった。幸若を小脇にかかえている。遠くの人影を確認するのに夢中なあまり、人質を取られてしまっていた。短い手足をいくらばたつかせても、成人男子につかまってしまったので、幸若では勝負にならない。

「かわいい弟君がどうなってもよいのか、こじか」

「こじか、わたしに構わず逃げて！」

宮は卑怯《ひきょう》な手を使ってきた。不服ながらも、こじかはふわりと塀を跳び下りた。

「幸若を放してあげて、アカツキ」

「もちろん」

意外とあっさりと、アカツキは幸若を解放した。幸若は、声を押し殺しながら泣いている。まだまだ子どもだ。気丈に見えるが、かわいそうなことをしてしまった。

「ごめん、こじか。役に立てなくて。それどころか、足手まといになってしまった」

「いいの。私こそ、ごめんね。怖かったでしょう、アカツキは乱暴だから」

こじかは幸若を抱き締めてなぐさめた。

「なんだ、その言い草は。我を東宮と知っての発言か」

「幼くて弱い者の自由を奪うなんて、卑劣。アカツキこそ、反省なさい。いずれ天下を治めるつもりなら、なおのこと」

宮は大いに笑った。

「そなたには、驚かされてばかりだ。東宮に説教など、怖いもの知らず。まあ、よいわ。

こじかの異能の理由も明らかになったことだし、そろそろ参ろう」

「いの、う……？」

「そうだ。その脚力。こじかの母について、前淡海国司《さきのおうみのこくし》にしかと訊《たず》ねた。我は、こじかの母は北の蝦夷《えみし》かと推測したが、西から来た天狗《てんぐ》だったそうな」

母が、天狗？

にわかには受け入れがたい話題となり、こじかは立ちつくした。のどがからからで、すぐに声が出てこない。

「とにかく、ここで話すべき内容ではない。車に乗れ、こじかよ」

「こじかはお渡しできません。こじかは頭中将さまを待っています！」

幸若が叫んだ。

「姉も弟も、生意気だな。親の顔色を窺《うかが》うことしかできない、ふがいない中将など、迎えに来るはずがない。舞姫でなくてもよい、こじか。我のそばに侍《はべ》るのを許す」

こじかと宮は睨み合った。

一緒に、市をまわって楽しかった。感謝している。なのに、継母たちにうつくしい首飾りを壊され、取り上げられてしまった。申し訳ない気持ちでいっぱいだ。それでも、宮に従う気はない。

「行かない。私はタケルを待つ。舞姫になりたい」

「わがままを言うな。前淡海国司たちに、なにかあってもいいのか」

冷えた風がふたりの間を通り抜ける。こじかも宮もお互い、意地になっている。

「こじかの父を、次の除目《人事異動》で優遇してやると言っているんだ。はいと応《こた》えろ。早く、ついて来い。母のことも、詳しく教えてやろうではないか」

幸若が、こじかの袖《そで》の端をぎゅっと握り締めた。行かせないと、目と手で訴えている。母は違っても、性格はどこか似ているのかもしれない。

しばらく、宮と睨み合いを続けていたこじかだが、大路の奥から蹄《ひづめ》の音が聞こえてきた。みるみるうちに、馬に乗った役人が数人近づいて来て、こじかたちを取り囲んだ。火のついた松明《たいまつ》を持っている。思わず、こじかは身を震わせた。

「宮さま、お捜ししましたぞ!」

「このようなところで」

「車をこちらへ!」

宮は顔をしかめて、唇を嚙《か》み締めている。宮らしくない苦い表情をしていたので、ついこじかはじっと見てしまった。お忍びで都を徘徊《はいかい》していたことが、多くの者に知られてしまったらしい。

「宮さま、帰りましょう」

その声の主は、タケルだった。自分を迎えには来てくれないのに、東宮ならば都のあちこちを捜すようだ。こじかは、タケルに声をかけたいのに、かけられなかった。待っていたのに、ずっと。

「こじかを連れて帰れるならば、戻ってやってもよい。我が梨壺《なしつぼ》に隠すとは、うまい提案だろう」

「それはなりませぬ。こじかは、右大臣家の舞姫。宮には渡せません」

下馬したタケルは、宮に向かってうやうやしく頭を下げた。

「中将も、こじかを放置していたではないか。汚れて、いじめられて、かわいそうに」

「おことばですが、この件に関しては我が右大臣家の問題です。父が、こじかを試していたのです」

「試した？」

怪訝《けげん》そうに、宮がタケルの顔色を窺った。

「こじかの脚の力に驚き、遠ざけた意味合いもありますが、実の父や継母《ままはは》に囲まれても、こじかが舞姫を目指すのかどうか、見極めていたのです。わたしは猛反対しましたが、聞き入れてもらえませんでした」

宮の存在を無視するかのようにして、タケルはこじかの前にまっすぐ進み、ひざまずいた。

「こじか、待たせてしまい、申し訳ありませんでした。よくぞ、耐えてくれましたね。最適な隠れ家も見つけました。このあと、すぐに案内します」

すっと、立ち上がったタケルの顔には、後悔の色が浮かんでいた。捨てられたかと思ったけれど、事情があったらしい。

「隠れ家を？　文も、ありがとう。うれしかった」

「は？　文、とは、どんなことでしょうか」

タケルは何度もまばたきをした。なにも知らないといった様子で。

「アカツキに預けたというタケルの文を、読んでもらったんだ。ねえ、アカツキ？」

「うるさいな。あれは、偽の文だ。我が、手跡を真似《まね》て書いた偽物。中将の薫りに近い香まで調合して、文にたきしめてやった」

「タケルの文ではなかったのか」

タケルからだと信じて大切に、胸もとの深くに挟んでいたのに。文を開いてタケルに見せたら、苦笑するだけ。宮の、準備のよさに、タケルはあきれている。こじかも驚いた。

「今日、お前がこじかを迎えに行くという噂《うわさ》を耳に挟んだ！　そうしたら、いてもたってもいられなくて。心を開いてくれればと思い、我は文を餌にして市見物に誘っただけだ。帰りは梨壺に直行すべきだったな。天狗の話など、後回しにできたというのに」

「天狗？　なんのことですか」

「中将には関係ない。黙っていろ。さあ、行くぞこじか。母のことが聞きたいだろう」

もちろん、聞きたい。けれど、宮と行動をともにしたくない。

「いいえ。こじか、わたしとともに。わたしの舞の師匠の邸に、こじかを滞在させてもらえることになりました。舞師がいれば、あなたの芸が磨けます」

「中将の、うまいことばに乗るでないぞ。タケル中将は、衆人の前で失態を晒《さら》したくないだけだ。こじかのことを思っているとは、とうてい感じられぬ。六条の邸で、こじかを試すような真似をして。ひどい男だ」

「なんですって。いくら宮さまでも、そのご発言は許せません」

宮はふだんの調子だが、タケルも引かなかった。こじかも従者も、はらはらとしつつも見守ることしかできない。手のひらに冷や汗が浮かんだ。

口を挟んだのは、幸若だった。

「こじかに、選んでもらうといいよ。こじかを困らせないで！」

みなの注目がいっせいにこじかに集まった。特に幸若が、再び眉《まゆ》を曲げて泣きそうな顔でこじかを見上げている。

「ごめんなさい。今日はもう、どこにも行かない。明日《あした》になったらタケル、迎えに来て。今夜で六条邸が最後になるなら、幸若と過ごしたい」

「我の誘いから逃げるのか、愚かな娘だ」

宮の非難を浴びた。それでも、こじかは幸若の手を握り、必死に食い下がる。

「アカツキには、ついて行かない。私は、舞姫になるんだ！　それに、市で買ってもらったばかりの首飾りを、邸《やしき》のどこかに落としてしまって、それを探したいんだ」

「あの碧玉《へきぎょく》の飾りなら……」

母と姉が引きちぎって奪った、と答えようとする幸若のことばをこじかは遮った。

「明日の朝、まわりが明るくなれば首飾りの場所も知れるはず。お願い、みな帰って」

「篝火《かがりび》を焚《た》いて探せばよい。我の従者を使え」

「こじかは火が怖い。篝火など、無理です」

タケルが否定した。

「火が怖い？　五節はどうするのだ。火を怖《おそ》れる舞姫など、使いものにならないぞ」

「それは、これから考えます」

はあ、と宮は大げさにため息をつき、扇をぱちんと鳴らした。

「興醒《きょうざ》めだ、帰る。だがこじか、我は諦《あきら》めない。必ず、舞姫になれ。よいな、宮中で待っている」

「……はい！」

こじかはしっかりと頷《うなず》いた。宮は、従者に押し込まれるようにして牛車《ぎっしゃ》に乗った。松明の灯《あか》りとともに、役人の列が遠ざかり、こじかはようやく息をつけた。

前淡海国司邸の門前に残されたのは、こじかと幸若、それにタケルの三人。てっきり、こじかがどこかへ行ってしまうのかと、不安がっていた幸若の顔にも、ようやく笑みが浮かんでいる。

タケルはこじかに話しかけるでもなく、つぶやく。

「驚きました。こじかが宮さまの名を、呼んでいたことに」

「アカツキのことか？　お忍びゆえ、市では宮ではなく、そう呼べと言われたんだ。ああ、市ではなかったから、呼び名は宮に戻したほうがよかったのか」

「前にも説明しましたが、名は秘すべきものです。宮さまにとって、こじかは特別ということでしょうね」

取るに足りない自分が、宮の特別？

こじかはタケルを眺めた。夕暮れに染まってゆく姿は切なく胸に響く。タケルが遠くなってしまいそうで、腕を伸ばしそうになり、不意に宮のことばを思い出す。

『タケルには絶対に恋心をいだかないこと』

そのひとことが、稲妻のようにこじかの全身を駆け抜ける。

はじめから分かっていた。タケルは、右大臣家の嫡男で、義兄となる人。本来ならば、直接話すことさえできない遠い遠い存在。それでも、一緒にいたいという気持ちがあふれてくる。自分がおさえられない。

だめだ、口にしてはいけない。タケルも困るだけ。こじかは耐えた。話題を変えよう。

「そうだ、礼を述べたかった。父の邸の前で、倒れていた者たちを救ってくれたと聞いた。ありがとう」

わざと明るく言った。笑顔を作って。

「流浪の民を放っておくのはよくないことです。身体《からだ》が快復した者には、住まいと仕事を与え、働いてもらいます。ああいう光景に、わたしの目も馴《な》れてしまっていて。こじかに指摘されて反省し、気持ちが引き締まりました」

「タケル、お願いがある。父に、母の話を聞きたい。ひとりでは、怖いんだ。どうか、ついてきてはしい。私の願いを聞いてくれたら、なんでもする。タケルのために、死ぬまで舞ってもいい」

タケルの目をじっと見据え、こじかは訴えた。タケルは濁すことも迷うこともなく、答えてくれる。

「死ぬなど、縁起でもないですね。ちゃんと生き抜きましょう。あなたの母上のお話は、わたしもきちんと聞いておきたいです」

「……アカツキが、父から聞いたらしいんだ。母は、天狗《てんぐ》の末裔《まつえい》だ、と」

目を見開いたタケルが、正面からこじかに向き合った。

「それで先ほども、天狗がどうの、と」

「こじかは、ほんとうに天狗なの？　だから、跳べるの？」

横で、ふたりの会話を小耳に挟んでいた幸若が尋ねたので、こじかは注意した。

「これ、幸若、早合点はよくないぞ。大切な話なんだよ、これは」

あたりは、夜の闇に包まれようとしている。

一日に、同じ話を二度もするのかと、父はうんざりした顔でこじかに対面した。帝《みかど》もお気に入りの頭中将・タケルが同席している手前、頭ごなしに怒れないでいる。

「こじかの母は、天狗の末裔だと宮に話したそうですが、詳しく聞かせてもらえませんか」

タケルが話を振ったが、父は浮かない顔をしている。右大臣家の嫡男への態度としては不遜《ふそん》である。

「娘として、私もぜひ聞きたい。母はどのような人だったのか」

父は暗い表情で大きくため息をついた。いっそうやつれて貧相に見える。

「……羽衣《はごろも》は、うつくしい女だった」

ひとりごとのように父はつぶやいたので、こじかは身を乗り出した。

「羽衣というのか？　淡海の女たちは、美良と呼んでいたと聞いたが」

「羽衣とは、俺が勝手に付けた名よ。あれに出逢《であ》ったとき、羽衣を持っていたからな……見るか？」

塗籠《ぬりごめ》の奥から、父は長細い櫃《ひつ》を取り出した。中には薄い、透き通った衣が入っていた。わずかな月の光を受け、輝いている。

「陽の光や明るい火に当てると、もっとうつくしく輝くぞ。それこそ、七色に。しかも、燃えないと聞いた。これを持っていたのだ、羽衣は。淡海で、羽衣が水浴びをしていたところへ、出くわした。天狗というより、妙《たえ》なる天女。あれが跳んだ姿は、今でも目に焼きついている」

母も跳んでいた？　とっさに、こじかは隣に座っていたタケルの手を握った。唐突な行動にも、タケルはあわてずにしっかりと握り返してくれる。

「その見事さに、俺は木の枝にかけてあった衣をぎゅっと丸め、懐に隠した。羽衣が衣をなくして困っているのを見て、共に探すふりをして館《たち》に連れて帰り、妻にした」

「ひどい」

こじかは父を睨《にら》みつつ、非難した。

「衣を隠したのは俺だと、羽衣はすぐに見破ったが間もなく、俺の子を身籠《みごも》った。観念したのか、あれは衣のことを言わなくなった。俺たちはしばし、平穏に暮らした」

「間もなく、国司の任期満了を迎えましたね」

相槌《あいづち》を打ちながら、タケルが話を促す。その表情は、ひどく冷たい。

「俺は都へ帰ることになった。都には古妻と子どもがいる。羽衣はうつくしいものの、世間離れしているところがあって、都では生きてゆけそうにないし、置いて行くことにした。しばらく距離を置き、それでも欲するのであれば、呼び寄せようかと」

「当然、こじかの母上は、あなたと一緒に都へ上る心構えだったでしょう」

「連れて行けぬなら、一族のところへ帰るから衣を返せという剣幕でな。連日責められて、俺も自分を見失っていた。だから、羽衣には内緒で帰ることに決めた」

淡々と、静かに話に耳を傾けているタケルは逆に怖い。

「そして、こじかの母上は火を」

「思いつめると、女は怖《おそ》ろしいことを平気でしてくる。館に火をかけられ、俺は逃げた。世にも珍しい衣だけは惜しかったから、持って逃げた」

「ひどい！」

再び、こじかは父を責めた。父は、母から奪うだけ奪った。衣だけでも返してもらえたら、母は別の生き方ができたかもしれないのに。

「どう感じようと勝手だ。あいつのせいで、俺は出世の道を外れた。ほら、持って行け。もう要らぬ」

ひらりと投げられた羽衣。母が天女だという証《あかし》。こじかがつかもうとしたが、先に手にしたのはタケルだった。

「これは、五節の舞のときに使いましょう。一度、預かります」

「淡海に帰るときに返してくれればよいぞ」

貴重な品らしいので、預かってもらったほうが助かる。それよりも、こじかは訴えたいことがある。

「謝って。母に、謝って！　母が火をつけたなんて信じられないし、かわいそうだ」

立ち上がったこじかは父を見下ろし、鋭く睨みつけた。

しかし、父の答えは冷ややかだった。

「うるさい、もう言うな！　これ以上は知らないし、俺だって苦しんできた、ずっと」

その夜。

東宮より、右大臣家へ『必ずこじかを五節の舞姫にせよ』という命が下った。

三章　舞を得る

こじかの胸もとには、宮からもらった碧玉《へきぎょく》と白珠《しらたま》が光っている。幸若《さちわか》が、姉姫から取り戻してくれた。ただ、紐《ひも》は切れてしまったので、太めの糸を通して直した。

舞師の邸《やしき》へ移ってからも、幸若は毎日のように文をくれた。字は、大きなひらがなでやさしく書かれており、こじかのよい勉強になっている。

タケルが選んでくれた舞師の秦尚氏《はたのなおうじ》は老翁で、ずいぶん前に雅楽寮《うたりょう》を引退していたが、タケルだけではなく宮の師も務めたことがあり、厳しくも貴重な稽古《けいこ》となった。

「そもそも、昨今の五節《ごせち》の舞姫は、稽古が足りぬ。かんじんの舞が疎《おろそ》かになっておる」

というのは、師の嘆き。

五節に舞姫を献上する貴族たちは、こぞって見た目の華を競うようになり、舞は二の次三の次。装束には贅《ぜい》をつくすものの、ろくに舞ができない舞姫も、過去にはいたとか。いなかったとか。

こじかも、重くて慣れない装束を身につけてどこまで舞えるか、不安が拭《ぬぐ》えない。とはいえ、切り札がある。

「こじか殿の持つ、不思議な脚力。きっと天へ届くでしょう」

跳ぶ力を高く評価してくれている、師のことばを信じるしかない。

稽古をはじめる前に、秦師の前で遠慮がちに跳んだところ、『すばらしい力なのに、なぜ存分に使わないのか』と、叱られた。不気味だと避けられたらどうしようと、後ろ向きでいた心が恥ずかしい。

振り向くと、タケルが見守ってくれていて、心強い。こじかは手を振る。最近のタケルは、出仕が終わるとすぐに、秦の邸へこじかの様子を見に来てくれる。ほぼ毎日である。

特に今日は、宮も一緒だった。

重なるお忍び歩きを帝に咎《とが》められ、しばらくは宮中でおとなしくしていたが、秋が深まって新嘗祭《にいなめさい》の準備で宮中が忙しくなってくると監視が緩んだのか、宮はこじかの稽古を見物するようになった。

秦尚氏も、はじめは諫《いさ》めていたのだが、このところは黙認である。宮はちびちびと酒を飲みながら、こじかに魅入《みい》っている。

「基本を学んだゆえ、舞姫として、どんどん様になっているではないか。細いが、足腰の強い娘ゆえ、身体《からだ》の芯がしっかりしているところも舞に向いている。なあ、タケル中将」

「はい」

感情が漏れないように、タケルは短く返事をした。こじかは、いっそう愛らしく、輝きはじめているのを宮も見抜いている。

「五節が実に楽しみだ。舞が終われば、こじかは大役から解放される」

「そうですね」

「さて、お前は我《わたし》とどのような約束をしていたかな。ふふっ」

宮の酒はどんどん進む。水を飲むように、するすると減ってゆく。杯の先にあるのは、懸命に舞を稽古するこじかの姿。しゃなり、しゃらりと鈴が鳴る。

「先ほどから、やけに素っ気ないな、中将よ。あの、西の天狗の末裔を見よ」

不敵な笑みを浮かべ、閉じた扇の先で、こじかを指し示しながら宮はつぶやいた。

「こじかの首飾り、きれいだなあ。我が、市で選んでやったのだぞ」

「さすがは宮さま、うつくしい碧《あお》と珠です。ありがとうございます」

実にうつくしい品だと、タケルは頷《うなず》いた。

「……そなたの義妹が、男からの贈り物を身に着けているのだ。嫉妬《しっと》ぐらいしろ」

「わたしも、こじかには脚もとの鈴を贈っています」

生真面目一辺倒のタケルに、宮は頭を掻《か》く。

「モノの有無ではない、心の問題だ。気持ちの。機微に疎いタケルに語っても、伝わらないか。宮中では、『出仕を終えるとすぐに帰る頭中将《とうのちゅうじょう》に、通いどころができたのではないか』と噂《うわさ》になっているのに。舞姫の育成とはな。半分仕事、半分身内」

冷静を保つために、タケルは酒を呷《あお》る宮を眺めて苦笑するしかなかった。

酒が苦手なタケルの杯は、いっこうに減らない。はじめの一杯をいただいてからは、手に持ったまま。

「よく飲まれますね、宮は」

「だいぶ冷えてきたからな。身体をあたためるには、もってこいだ。それに、あの舞、あの脚さばきを見たら、飲むしかあるまい」

「この時分までは、順調なのです」

秦尚氏が大きく手を振り、タケルに合図を送った。静かに、庭の篝火《かがりび》が焚《た》かれはじめる。ひとつ、ふたつ。こじかが慣れるように、夕暮れ前の明るいころから徐々に火を入れるようにしているが、こじかは火そのものだけではなく、火が爆《は》ぜる音や煙にも敏感だった。

「やめてくれ、苦しい。火は無理だ、タケル！」

持っていた扇を放り捨てたこじかは、その場に身をかがめ、うずくまった。いつもの騒ぎだ。杯を置いてタケルは庭へ下りてゆき、震えるこじかの身体を包んでなぐさめる。

「だいじょうぶですよ。落ち着いて続けましょう」

「やっぱり無理だ。火は怖い。どうしてもだめだ」

タケルの装束の袖《そで》をつかみ、こじかは訴えた。悔しいけれど、半泣きだった。

「慣れましょう。それしかありません」

「いや、どんなことをしても、怖いものは怖い」

大騒ぎするこじかをなだめようと、宮も下りてきた。

「タケル中将は、こじかをわざと怖がらせて、抱き締めたいだけに見えるね」

「そんなことはありません」

「どうかな。本音と建前」

「ですが、このままでは五節の舞が」

師匠の秦も、苦い顔をしている。

「こじか。火はあたたかいし、おいしい食事を作るときには欠かせないものですよ。正しく使えば、怖《おそ》れるものではありません」

「でも、いやだ。怖い。火はいやだ」

淡海《おうみ》の大火で母を失ってから、火は忌むべきものとして記憶してきた、憐《あわ》れなこじか。

タケルはこじかの頭を撫《な》でてやる。

「無理をする必要はありません」

「だが、私が舞わなければ、タケルが舞姫にされてしまう。アカツキのせいで。そんなの、絶対にいやだ」

気丈にも立ち上がったこじかは、一瞬だけ宮を睨《にら》んだあと、震える脚をそろりそろりと前へ出した。歯を食いしばり、必死に舞を続けようとする。火を克服できるよう、自分でも我慢や努力はしているつもりだ。なのに、どうしてもできない。火が、怖い。

「痛いほどに健気《けなげ》だな。なにか、きっかけがあれば、考えを改められると思うぞ。たとえば、生意気な弟を火であぶってみせるとか。こじかならば、必ず助けるだろう」

「宮さま、不謹慎です」

即答で却下され、宮はちっ、と舌打ちをした。東宮でありながら、お上品とはいえないしぐさをたまにする。

「ふむ。美味なるものを、目の前で次々に焼くのはどうだ。火への恐怖も忘れ、とにかく食べるのではないか」

「こじかは食に興味がありません。そもそも、あのように細いのですから」

「こじかの好きなものはなんだ。叶《かな》えたい」

「好きなもの……」

タケルは考え込んだ。こじかの好きなもの？

宮はタケルをあてにせず、さっさとこじか本人に聞いてみる。

「なにが好きだ、こじか。この前買ってやったような宝珠が好きか。火を怖れずに舞ができたら、たっぷり買ってやろう」

「いいえ。これでじゅうぶん満足だ、気に入っている」

「では、なにが欲しい？」

タケルに凝視されていることを、こじかは感じ取っていた。なんとなく、首飾りを装束の中に押し込んで隠してしまった。高価な品物だ、宮からいただいたと、きちんとタケルに知らせるべきだったかもしれない。うしろめたい。

これ以上、宝珠はいらない。衣も食事も、住まいも足りている。

では？

自分は、なにが欲しい？　自分はなにを求めている？

救いを求めるように、こじかはタケルに視線を送って訴えた。しかしタケルは、なにも言ってくれなかった。あきれているのかもしれない。

「……安らかな世の中。人々の笑う顔」

とっさに思いついたこと……タケルが喜びそうなことを答えたところ、宮は噴き出して大笑いした。

「それは、東宮である我こそが望むものだ。我はこじかに聞いている。うつくしい衣か。駿馬《しゅんめ》か。金銀か。広い邸か」

「金で購《あがな》えるものなど、私は欲しくない。乱れのない世が欲しい。いくさや病、憂いの少ない明るい世が。でも、だめだ。火が怖い」

鈴を鳴らしながら、こじかは邸の中へ跳んで行ってしまった。取り残されたタケルたちはため息をつく。申し訳なさそうに、舞師が深く頭を下げた。

「こじか殿には、人並みの欲などございませぬ。なにが欲しいかなど、尋ねるだけ酷かと」

こじかとは付き合いが短いものの、秦尚氏が述べたことばが真実だろう。

「いや、我には分かってきた。こじかの欲しいものが。それを我が禁じたゆえに、こじかは戸惑っている。なあ、タケル中将よ」

宮は、上目遣いでタケルの顔色を窺《うかが》った。

「なぜ、意地悪を。こじかには、大切なときです。舞を覚え、父・右大臣の心に適《かな》えば舞姫決定なのですよ」

邸《やしき》に消えたこじかを気遣いながら、タケルは言い放った。

「試練だ。淡海でつらい暮らしを送ってきたのは、序章に過ぎなかった。六条での経験も。これからが、真の苦しみ。乗り越えてこそ、よい舞い手になる。できなければ、それまでの器だったということ。もうひとりの舞姫候補もそう思うよな？」

「冗談でもやめてください、候補だなんて」

「いや、どうしてもというのならば、我が五節の舞を変えてみよう。こじかの舞いやすいように。陰陽寮《おんようりょう》より、ちょうど都合のよい進言が届いているのでね。おもしろいことになりそうだ、帝《みかど》に進言してみるか」


煙に巻かれ、息ができない。

火に焼かれる。熱い。痛い。

母の手を離してしまう。

……、……っ。

暗闇の中で目覚めたとき、こじかは全身にじっとりと汗をかいていた。

「夢、か」

何度同じ夢を見ればすむのか。幼いころから、いや都へ出てきて頻繁にあらわれる。頬に触れると、涙を流していたことにも気がついた。過去の記憶は乗り越えなくてはならないのに。

自分には、タケルがいる。宮も、幸若も、舞師も。父や継母《ままはは》だって、舞が成功すればよろこぶだろうし、アケノや館《たち》のみなにもおみやげがたくさん買える。

火への恐怖心を乗り越えたい。

時は、あまり残されていない。舞よりも、火が最大の敵。本格的に稽古をつけてもらいはじめてからは、舞そのものは格段によくなっている。誰にも真似《まね》ができない天性の脚力が、こじかをより活《い》かしていた。

火を感じるから、怖いのだ。

では、感じなかったら？　こじかは翌日から、さっそく実践してみることにした。

こじかの提案を聞いた秦尚氏は目を丸くした。

「目を閉じ、鼻を塞《ふさ》ぎ、舞う？」

「そう。火を感じてしまうから、怖い。だから、なにも感じないようにすればいい。目隠しをして、鼻と口もとは布で覆って」

「斬新な提案だと思いますが、却下します」

秦尚氏は丁寧に、頭を下げた。

「なぜ？　ひと晩かけてたどり着いたのに」

「五節の舞は、四人で行います。正装したこじか殿のほかにも三人、舞姫がいます。広くない舞殿で、ひとりが目を瞑《つぶ》っている。どうですか、想像してみてくだされ」

重い装束。かもじをつけた長い髪。その上に目隠しと覆い布では、動きようがない。

「……あぶないな。ぶつかる、きっと。それに、舞が合わないだろう」

残念ですが、と舞師はつぶやいた。

「せっかく浮かんだのに」

「こじか殿らしい、おもしろき案でした。爺《じい》も、舞師人生の最後に、最高の舞姫のお世話ができて、本望です」

「ありがとう」

「きっとほかに、よい案があるはずです。ともに悩みましょう」

火がだめなら、まず煙や匂いを克服しようと、こじかは香をはじめた。手ほどきをする師匠はタケルである。

香について、タケルは一流の腕前を持っている。装束に焚《た》き染《し》められた薫りは、こじかが胸いっぱいに吸い込んでしまうほど、心地よい。右大臣家秘伝の調合で、秘蔵の香料を使っているとのことだが、同じ作り方で同じ材料を使っても、仕上がりがまったく違うらしい。

こじかは、タケルに教えられるがまま、沈《じん》や丁子《ちょうじ》、白檀《びゃくだん》などの香木を細かく砕いて蜜《みつ》と練り合わせる作業をしている。香に使うほとんどの材料は、渡来のもので貴重だという。それを聞いたとたん、失敗は許されないような気になり、思わず手が震えてしまう。

これを小さく丸め、熟成させれば完成。出来上がった香は、室内で空薫《そらだ》きして間接的に使う。

「宮さまがこじかをからかう理由が、なんとなく分かりました。舞のときに目を閉じて鼻を塞ぐなど、できませんよ。目はともかく、鼻はどのようにおさえますか」

タケルは香を小さく丸めながら、こじかに問うた。

「新しく考えた案では、千切った懐紙を鼻の中にぎゅっと詰めて……だめか？」

込み上げてくる笑いをおさえるのが、やっとの様子のタケルに、こじかは応戦する。

「だったら、この練香を鼻の中に」

「鼻に詰めものをして舞う姫など、先例にありません。こじかは、まったく新しい舞姫になりそうですね」

花が咲いたように、ほがらかに笑うタケルだが、こじかは機嫌を損ねた。

「笑いごとではないぞ。師には驚かれたが、タケルに笑われるとつらい」

「つらい？」

「ああ。タケルにだけは、よいときの私を見てほしいからな。ほかの者にはいくら笑われても蔑《さげす》まれても、全然気にしないが」

そう言って、こじかは後悔した。つい、本音がこぼれてしまった。急いでタケルの顔色を確認する。そして二度目の後悔。

タケルは悲しい笑みを浮かべていた。こじかは、不安で胸を突き刺される。迷惑だったようだ。自分のことなんて、タケルは妹としか見ていない。

「今のは、なし！　聞かなかったことにしておくれ、タケル」

俯《うつむ》いたまま、こじかは香をこねた。手が震えるのを隠すために、こねまくった。調合の過程で練る作業は大切なものの、こじかの手の動きはすでにこねるを通り越し、香ではないほかのものを作っている手つきだった。

焦っている。背中に冷や汗をかきながらも、こじかの身体《からだ》は熱を帯びてきた。こんなことははじめてだ。体調が悪いのかもしれない。困った、自分の気持ちが分からない。

「……宮さまが、秘策を持っているようです。掟《おきて》破りの手だと」

軽く、話をはぐらかされた気がするが、しつこく噛《か》みつくのも幼い。下を向いたまま、ごまかすことにした。

「アカツキのことだ。とんでもない裏技を、隠し持っているに違いない」

「そろそろ、わたしの邸へ戻って来てください。父と母にこじかの舞を認めさせ、邸で裳《も》着《ぎ》を行いましょう。今後のこじかのことを考えれば、裳を結んでもらうには、より権力者のほうが箔《はく》もつくし、好ましい。そして目指すは、宮中です」

「母君には嫌われたのに。受け入れてもらえるだろうか」

それに、宮中だなんて。こじかには夢のまた夢なのに。

「あなたの舞次第ですよ、こじか。わたしは信じています。宮さまも、あなたには期待を寄せています」

怖い。

失敗が、怖い。期待が、重い。

五節なんて来なければいい。タケルと、このままでいたい。失いたくない。震える指先。震える心。自分はもっと強いと思っていたのに、なにもできなかった。

舞師の邸を離れる日は、すぐにやって来た。こじかの舞の上達が早かったので、邸移《やしき》りの予定を繰り上げる運びとなった。

秦師から、今日のうちに右大臣家へ移動すると聞き、こじかは身を固くした。

「もう移るのか」

「中将さまのお文によると、右大臣さまも北の方さまも、あなたの舞を見たいとおっしゃっているそうです。占いの結果も、移動には吉日と出ました」

気の進まないこじかに、秦尚氏はそう説得した。

追い出されたことも、何度も邸移りをするこの身も、すべてが儚《はかな》い。こじかは抗《あらが》えなかった。

秦尚氏が同行してくれるという。年老いて引退したとはいえ、当代一流の舞師。こじかには心強い。

「タケルは、ひとりで職務をかかえ過ぎだ」

仕事で遅くなるというタケルの代わりに、こじかを迎えに来たのは、宮……アカツキだった。

「宮中をまた留守にしてもよいのか、アカツキ？」

「構わない。本日は、こじかにとって大切な日。正式に、右大臣家の養女となる日なのだから」

「まだ決まっていない。なにしろ、私は母君に忌み嫌われている」

「そなたの神がかった舞を見て、なにも感じないと言うやつは、もはや都にいる価値がない。こじかが五節の舞姫として、宮中へ上がるのももうすぐだな」

みな、この身を大きく評価し過ぎている。こじかはただ、人よりも少し跳べるだけなのに。

こじかは、宮に抱きかかえられるようにして牛車《ぎっしゃ》に乗っていた。車内は狭いので、あまり身動きが取れない。カタカタと、心地よい揺れが続いている。

それに、今日のためにと、タケルから贈られてきた装束はうれしいのに、慣れないのでしんどい。なれなれしい宮を突っぱねたいのに、袖《そで》も裾《すそ》も長過ぎてこじかの動きを阻む。

これでも、外出用の身軽な衣とのこと。濃き色の切袴《きりばかま》に、こじかの身の丈に合った衵《あこめ》を数枚重ねている。秋にふさわしい、女郎花《おみなえし》の黄を微妙に異なった濃淡で染めてあった。

「重くなったたな。こじかよ」

「装束のせいではないのか？　ただ、このところ、食事がおいしい。舞を控えているのに、困ったことだ」

「いやいや。これまでが、ちと軽過ぎた。女らしい身体つきになってくるのはよきこと」

「女らしくなんて、なりたくない。こじかのままでいい」

こすずというかわいい名前も気に入っているが、やはりこじかはこじか。

「そうもいかない。赤ちゃん鹿だって、いずれ夫婦になり、子を育てる。自然の理《ことわり》」

「私はまだ十四だ」

おとなになった自分なんて、想像できない。こじかは首を横に振った。

「都の姫は、十二ぐらいで嫁いでゆく」

「十二？」

こじかは目を瞠《みは》った。都における十四歳は、適齢期に当たる。六条の姉姫が、婚儀を焦っているのは十九歳だからだ。

「天地の安寧と豊穣《ほうじょう》を祈りたいという、こじかの真摯《しんし》な気持ちは伝わったが、民が増え、栄えなければ国は安定しない。女には子を産み、育ててもらわねば。こじかとて、その大きな流れには逆らえない」

「難しい。まだ、分からない……」

「よい。そのときが来ればなんとなく感じるものだ。それより、火を乗り越える策は考えついたか？」

「いくつか、思いついた」

懐紙や香を詰める作戦を話したら、笑われてしまった。

まるで自分のことのように、宮はこじかを心配してくれていた。選ぶことばにトゲを感じるときもあるけれど、宮は慈愛に満ちている。

やがて牛車は右大臣家へ到着した。

宮が内密に邸《やしき》を訪問することは、タケルの配慮で知らされてあり、車はすんなりと入れた。宮も、こじかの入邸を拒否させないよう、わざわざ使者に立ってくれた。東宮と頭中将のふたりを先触れにしてしまうなど、こじかは恐縮した。

西の対に通されたこじかは額《ぬか》ずいて待った。久しぶりの右大臣邸。広くてうつくしくて、いいにおいがする。戻れたことは喜ぶべきだが、怖《おそ》ろしさも感じている。脚力のせいで、母君に疎まれてしまったことが悲しい。

「こじか、さっそく舞を。ことばで説くよりも、見ていただいたほうがいい」

黒袍《くろほう》のまま、出迎えてくれたタケルは言い放った。帰宅して、まっすぐ客間へ来たようだ。

「おかえりなさい、タケル」

「ただいま。舞の装束を用意しました、着替えましょう」

すぐさまこじかを連れ出そうとするタケルに、宮が厭味《いやみ》を投げつける。

「おいおい、我《わたし》は無視か」

「申し訳ありません。早く、着付けをしたいので、つい。話はまた、のちほど」

穏やかなタケルにしては、珍しく強引だった。

タケルに先導され、こじかは別室へ移動をはじめた。

「こじかと宮さまは、仲がよろしいのですね。わたしは仕事が遅くなりそうだと申し上げたら、宮さまが率先して迎えに行ってくださいました」

「そんなことはない。あれは、油断できぬお方だ」

真顔でこじかが言い放ったので、タケルは苦笑いを浮かべた。

「おそれ多くも東宮さまに対して、油断できないと断言できる姫は、都じゅうを探しても、こじかひとりですよ。歩き方、上手《うま》くなりましたね。以前は一歩進めば、しゃらしゃらと鈴が鳴ってしまったのに」

褒められてうれしくなったこじかは、手を叩《たた》いてよろこんだ。

「静かに歩くコツを、秦さまから習ったんだ。おかげでだいぶ、姫らしく歩けるようになった。砂袋に締めつけられていた足首の赤い痕《あと》も、タケルからもらった膏薬《こうやく》で、やや薄くなってきた。感謝する」

「お役に立ててなによりです。さあ、こちらへ。舞装束と呼ぶには大げさでしょうが、わたしなりにこじかのことを思い、作らせました」

「着ている装束も、もらったばかりなのに？」

衣桁《いこう》にかかっていたのは、白を基調に、青い波が描かれている汗衫《かざみ》だった。衵も微妙な濃淡を重ねた青で、白との対比が鮮やかでうつくしい。

立派な仕立てに見えるが、それほど重くない。

舞いやすいよう、軽くなるくふうを凝らしてある。使われている布地がとても薄い。人目に触れる襟元と袖口だけ、衣を折り重ねて縫い合わせ、配色の妙《たえ》を強調してあるが、衵の仕立ては一枚。正直、衵を何枚も着込むのはしんどいので非常に助かった。

「宮中でよく舞われる演目に、青海波《せいがいは》というものがあります。それは男子ふたりの連れ舞であることが多いのですが、こじかのふるさと・淡海を連想しています」

「ありがとう、うつくしい淡海だ。一緒に見たな。またいつか、ふたりで見に行きたい」

「ええ。わたしも同感です」

タケルは、にこやかに頷《うなず》いた。

タケルの父母への挨拶《あいさつ》をすませる前に、こじかは釣殿《つりどの》へ出た。舞を先に行う。

右大臣家に舞台はないので、ここで舞を披露する。

池に張り出したこの建物は、納涼や月見などによく使われる。肌寒いことを心配したが、おだやかな風が通り抜けるので、緊張でほてった身体《からだ》には、かえって心地よかった。青い空はからからに乾き、光をさえぎる雲もない。

「うまく舞おうとか、父上たちに気に入られようとか、雑念は必要ありません。こじかは、こじからしく跳べばいいのです」

「跳ぶ……」

「こじかの真心を乗せて跳ぶだけで、だいじょうぶですよ」

最後に、タケルは器用にこじかの前髪を上げて櫛《くし》を挿した。額を出しただけで、こじかの印象は、だいぶおとなめいた。

「それと、これを」

天の羽衣をふんわりと肩にかけてくれた。

「こじかの母上は、いつもこじかのそばにいますよ」

「ありがとう」

自然と心が落ち着いてくる。力がみなぎってくる。こじかはひとつ、深呼吸をした。

「笛をお願いします、タケル」

今日は、タケルの吹く笛で舞うことになっている。

「もちろんです」

こじかは、試練の道を歩いているけれど、苦しいだけではない。胸を張って、笑顔で、前を向いて進む。

明るい空の下、こじかはひとり、釣殿に位置した。タケルは池に浮かぶ舟に乗っている。笛がタケルだと聞いた宮は、琵琶《びわ》をやると言い出してきかなかったため、これを弾くことになり、同舟した。

右大臣と北の方は、寝殿より見学。やや離れているものの、ふたりの座っているあたりからは、暗い雰囲気が手に取るように伝わってくる。

特に、タケルの母君は御簾《みす》越し、さらに扇で顔を隠して陰の気を発していた。昼間だというのに、寝殿全体が鬱々《うつうつ》とした静けさに包まれている。

やがて、空を切るような笛の音が響きはじめた。重苦しい気配が、一気に霧散してゆく。続いて、琵琶も弾《はじ》ける。胸の底にまで、ずっしりと届いてくる。

こじかは、脚を前に出す。一歩、二歩。

気持ちを乗せよう。生きているしあわせを。うつくしい世界を感じられるよろこびを。

手を伸ばし、つかむものは運。淡海にいたままでは味わえなかった、驚き。華やぎ。明るい心で。

しあわせになれるように。この心を、多くの人にも分けたい。支えてくれている人のために。そして、なによりも自分のために。こじかは、舞を好きになりはじめていた。動くのが好き。夢中になれる。励ましてくれる人がいる。笑顔が並ぶ。よろこんでくれる人がいる。こじかを受け入れてくれる。

タケルの笛は、こじかが舞いやすいように続いている。宮の琵琶は力強くも、繊細に空へ広がる。舞を合わせるのは初めてなのに、余裕がある。楽を聴いて動ける。周囲がよく見える。息もよく吸える。ひとりで舞っているのに、心のつながりを感じはじめている。手脚、気をつけて伸ばす。装束に隠れていても、指や脚の先にも表情がある。明るい動き、切ない動き。師匠の声が聞こえるようだった。顔も、緊張していると硬くなってしまう。もっと笑え、こじか。視線を落とすな。胸を張れ。自分に言い聞かせる。

もっと動きたい。遠く、高く。

深く息を吐き、釣殿から高く蹴《け》り上がると、寝殿から歓声や悲鳴が上がった。常人とはかけ離れた、跳躍に対する驚愕《きょうがく》と恐怖ゆえだろう。

こじかは構わず、脚につけたふたつの鈴を、笛に合わせて鳴らして跳ぶ。羽衣を身にまとっているせいか、いつもよりも身体が軽い。

つま先で屋根を蹴り、タケルと宮がいる舟にふわりと跳び移る。高い場所からこじかが乗り移ったのに、舟は揺れない。一度、袖《そで》を大きく振り、観客の注意を惹《ひ》き、すぐさま池を跳び越え、庭の木々を縫うように進む。姿が隠れないよう、腕を大きく回し、脚を鳴らす。自分の舞を見てほしい。

舞姫のこじかを見てほしい。

笛と琵琶が終わるころには、右大臣と北の方が座っている、御簾の前に平伏《ひれふ》していた。拒否されても、悔いはない。できることはすべて披露したのに、頭を上げることができないでいた。こじかは声を待った。

すぐに声はかからなかった。舟から下りたタケルと宮が先に、こじかへ語りかける。

「おつかれさま」

「こじか、よくやった。ほら、顔を上げて。こじか？」

宮が助け起こしたこじかの顔は、涙で崩れていた。

「おやおや、せっかくの晴れ姿が」

幼い子どものように、こじかは震えながら泣きじゃくっていた。宮が抱き留めてなぐさめようとするのを、懸命にこらえる。ここで甘えてはだめだ。右大臣と北の方の審判が下るまでは。

タケルはこじかの気持ちに気がついたらしく、宮をこじかから引き離した。

「これぐらいのことで泣くなんて、まだまだ子どもですね、こすずは」

御簾の向こうから、北の方の懐かしい声が降ってきた。

「実にその通り！」

こじかを諌《いさ》めたタケルに対し、右大臣も声を上げた。

「舞はすばらしいのに、中身がまだ幼い。娘として厚く庇護《ひご》してやらねば。そうだな、北の方よ」

「ええ、殿。タケル、幼い舞姫……こすずを、こちらに連れてきて」

はじかれたように、タケルの顔が生気を取り戻した。

「はい、母上！」

雲の上でも歩いているかのように、ふわふわとした心地だった。母君が呼んでくれている。こじかはタケルに先導されて御簾をくぐり、右大臣と北の方の前に出た。

「こすず、すてきな舞でした。心洗われる、というのはこんなことを示すのでしょう」

「舞姫に出してしまうのが惜しいぐらいだ。宮中の輩《やから》には見せとうないわ。ありがたみが減る」

「それは本末転倒というもの。こすずは、世の安定を祈り舞うのですよ」

　母君がこじかに話しかけてくれた。うれしくて、こじかはまた泣いてしまう。涸《か》れない涙を、母君が袖でそっと拭《ぬぐ》ってくれた。

「舞います。次は泣きません」

「おやおや、強がって。意地を張るあたりも、まるで子どもだ」

　宮がからかうと、右大臣が答えた。

「童姿《わらわすがた》では舞姫になれない。こすずの裳着《もぎ》を急がせねば。陰陽師《おんみょうじ》に、佳《よ》き日を選んでもらおう。すぐに使いを行かせるのだ」

　やわらかな笑みをたたえたタケルは、御簾のこちらへ戻り、宮の隣に座り直した。

「こじかの愛らしい童姿を、見られなくなるのは残念です」

「なあに、姫の姿をすれば、また違った魅力が出てくるだろう。我は楽しみだ」

「ねえ、こすずや」

　そうやさしく呼びかけながら、母君はこじかの手を握った。

「冷たくして、ごめんなさいね。異形異能というと、昔のことを思い出してしまって。こすずは、多くの人をあたたかくさせる力を持っている。あなたの舞は、見ているだけでよろこびに変わるのね。胸が震えました」

「お褒めのおことば、ありがとうございます」

また、新しい涙がこぼれた。

「きっと神に届くことでしょう、こすずの祈りが」

## 四章　五節の舞姫

　こじかは、裳着を行って豊明《とよあかり》の節会《せちえ》へ臨むことになった。供奉《ぐぶ》の童女《わらわ》や女房たちの選定は、右大臣とタケルが行う。舞姫装束一式の準備は、北の方を中心に進んでいる。ほかの舞姫に負けないよう、みな、忙しく働いていた。

　こじかは悩んでいた。

　とにかく、火を乗り越えなければ、舞ができない。都へ上ってから、舞が多少上達しただけで、こじか自身の課題はなにも解決していない。

　羽衣を返したことで、父はいくらか謝罪の姿勢をこじかに見せた。けれど、あの火事の記憶を解《ほど》こうとするだけで、こじかは恐怖に襲われる。

　右大臣家が発掘した、前淡海《さきのおうみ》国司の娘は神がかった舞姫だと、宮中ではすでに評判になっているという。その期待が重い。

　長い間、櫃《ひつ》に入れられていた羽衣は、息をしていなかったかのようにしぼんでいたが、こじかが身につけるようになってからは輝き、光るようになっている。絹よりもすべらかで、心地よい。

十四の冬、こじかは裳着の式を終えて成人した。右大臣家の姫としての、お披露目の会も兼ねている。

髪が短いので、伸びるまではかもじという付け毛をつける。宮が裳着のお祝いにと、見事なかもじを贈ってくれた。髪がうつくしいと称されている、女官たちの髪を集め、こじかの髪色に合うよう染めて作ったそうだ。

宮も、裳着の式への参加を熱望したが、最近のお忍び歩きを、帝《みかど》から直接きつく注意されてしまい断念した、と届けられた文に、おもしろおかしく書いてあった。節会がはじまれば、宮とはきっと再会できる。もうすぐだ。お礼も述べられる。

「こじか……いいえ、こすず」

几帳《きちょう》越しに、タケルの声が聞こえた。裳着の式を終えてからは、寝殿では養女披露の宴《うたげ》が延々と続いている。

本日の主役として、正装でかしこまっていたせいか、さすがに疲れを感じた。自分の部屋に下がっていたが、タケルの訪れに元気を取り戻した。脚の鈴を鳴らして弾むように歩き、几帳をどけてタケルを室内へ招こうとする。

「タケル。一日、大変だったよ。都の姫君の裳着はみな、こうなのか？　同情するよ」

「それ以上、こちらへ出てきてはなりません！」

びくり、とこじかは震え、固まった。タケルが大声で叫ぶなど、ほとんど聞いたことがない。

「突然、大きな声を出してしまい、申し訳ありません。本日より、あなたは成人した女性。対面は几帳越しか、御簾《みす》越しになります」

「義理とはいえ、私はタケルの妹ではないか」

「父や兄、家族とでも、例外を除いて直接顔を合わせることはよろしくありません。あなたの顔を見てよいのは……こすずの夫となる人だけです」

なんとなく知ってはいたはずなのに、裳着を終えた途端、急に線引きをされてしまい、こじかは戸惑った。手を伸ばせば届く位置に、タケルがいるのに。

「おめでとう。素敵な妹ができて、わたしもしあわせですよ」

「……いや、私こそ。このように盛大なお式を挙げてくれて、感謝している。舞姫の準備もあるから、右大臣も母君も難儀しただろうに」

「そろそろ、ことばづかいも直しましょうね。こすずの話し方は、はきはきとしていて好ましいですが、宮中では通用しません」

「ああ。そう、だな。いえ、そうですね。私はもう、ただのこじかではないんだから」

こすず。

邸《やしき》では、みながそう呼ぶ。晴れて右大臣家の養女となったこじかは、破格の出世。しばらくくすぶっていた実父も、来年の除目ではきっと良い任国《よ》をもらえるはず。散位のままでは、右大臣家の養女に釣り合わない。淡海の貧しいこじかはもういない。

窮屈だった。

よろこぶべきことなのに、タケルに距離を置かれたこじかは、うつくしい正装の中に埋もれるようになりながら伏せった。

「五節《ごせち》の舞の当夜は、二十三日。まだ月が明るいころです。新たな試みとして、舞のときだけは灯《あか》りを消してみてはどうかと進言しましたが、却下されました」

「みな、舞姫や童女を見たがっていると聞いた。暗がりの中ではつまらない。宮中への参入そのものも夜に行われるし、灯りは避けて通れないんだ……ではなくて、通れないのですね」

口調が直らないことを気にしてこじかは言い直したものの、タケルはすでにほかのことを考えていた。

「わたしは、あなたの姿を誰にも見られたくないのです。宮にも」

「では、タケルが舞うか。私は覚悟している。人に見られることなど、なんとも思わない。今の私は、失敗すら怖《おそ》れていないぞ。怖いのは、火だけだ」

こじかは、タケルのいるほうを見据えた。几帳がゆらめいているのに気を取られていたら、下からタケルの手が伸びてきていた。こじかは手をつかまれる。

「苦しいのです。あなたを、宮中へ上げたくない。誰にも見られたくない。こすずを……こじかを見つけて来たのは、このわたしだ！」

タケルの手はとても冷たい。こじかはタケルの手を両手でふわりと包んだ。以前は肌荒れがひどかったので触れるには気後れしていたが、丹念に手入れをしたこじかの手指は、そこそこ見られるまでに回復した。

「必ず戻る。私は、タケルのもとへ」

こじかの部屋は次第に闇に沈んでゆくけれど、灯りを持って来る女房の気配はなかった。しばらくの間、ふたりは黙って手を握り合った。

火への対策が見つからないまま、こじかは宮中参入の二十日を迎えた。五節の舞の予定は以下の通り。

二十日、参入及び夜に試会《リハーサル》（帳台試《ちょうだいのこころみ》）。
二十一日、帝の御前での試会（御前試《ごぜんのこころみ》）。
二十二日、供奉する童女御覧《わらわごらん》。
二十三日、豊明の節会（饗宴）。五節の舞の本番。終了後、退出。

参入では、タケルが付添いをしてくれることになっている。裳着の日には対面を拒絶されたが、五節の舞の儀式はタケルが言うところの『例外』。形ばかり扇を持ち、愛嬌《あいきょう》を振りまくように顔をちらつかせて歩くのが、舞姫のたしなみなのだという。

「隠せと言ったり、見せろと言ったり、矛盾しているではないか」

緊張もあってか、こじかもさすがに苛立《いらだ》ちを隠せない。

かもじをつけて長くした髪はふたつに分けて高く結い上げ、毛束を肩から背中に向かって垂らしている。頭には金銀でできた冠をかぶり、日陰《ひかげ》の鬘《かずら》という飾りを挿していた。こじかが歩くと揺れて光る。

身につけているのは、物具《もののぐ》装束《しょうぞく》と呼ばれている礼装を基調とした、やや古代風の一揃《そろ》い。この時代の正装とされる女房装束に装飾を加え、さらに豪華にした出《い》で立ちである。

赤い唐衣。袖《そで》や胸もとの、青や緑の差し色が映える。母の羽衣を裳《も》に見立てて腰に巻いた。輝く羽衣はもちろん、こじかの清楚《せいそ》なうつくしさは衆人の注目を得ている。

それに、連れている童女と下仕えたち四名がまた、きらびやかだ。見られることを意識して、こじかと揃いの装束を着ている。裳だけは、同じ羽衣というわけにいかないので、金糸を織り込んだ練絹。右大臣が四方に手を尽くして選んだだけあり、美形が揃っていた。

刻《とき》は、夜。こじかたちは、内裏の北に位置する朔平門《さくへいもん》より入り、玄輝門《げんきもん》を通過した。筵《むしろ》が敷かれた道を歩く。道の両側は申し訳程度にしか几帳が立っていないので、覗《のぞ》き放題である。

几帳と几帳の間から、道の脇に火がたくさん焚《た》かれているのが見えた。火が近い。こじかはどきりとした。篝火《かがりび》は、ときおりぱちぱちと音を立てて燃えている。門を抜けるまでは、どうにか恐怖を我慢していたが、昼間のごとき明るさに目が眩《くら》みそうになる。

周囲がいっそうざわめいたと思ったら、こじかのほうへタケルがまっすぐ歩いてきた。黒の束帯に、優美な物腰。

「手をどうぞ、こすず姫。だいじょうぶですか」

こじかの返事を聞く前に、こじかの背中に左腕を回して支えてくれた。かしこまったタケルも、素敵だった。しかも、真っ先に心配してくれる。こじかは恭しく頭を下げ、タケルの手を取った。

「だいじょうぶです。よろしくお願いします。兄上さまのお姿を見たら、ほっとしました」

修業の成果か、ことばづかいも、姿勢も、格段に貴族の姫君らしくなった。文字を覚え、裁縫も習いはじめた。

「特別な行事なので、緊張のあまり、倒れてしまう姫君も多いのですよ。舞姫の控室はもうすぐです。ゆっくりと歩きましょう。ほんの数か月前まで、国司館で下働きをしていた少女とは思えませんね。見事な蝶《ちょう》になった」

「蝶のように、舞えたらうれしいです」

「こじか……こすず姫ならば、後世の史書に残る舞を披露してくださるでしょう。どうか落ち着いて。こじかならば、できます」

タケルの期待が伝わってくる。どきどきするのに、うれしい。実は最近、タケルが近くにいてくれたら、火のことを深く考えずに済むようになっていた。

「ありがとう」

緩んだ頬を人前に晒《さら》したくなくて、顔を扇で隠し直した。

「……アカツキ、いえ宮さまにお会いしたら、どうすれば。この、姫君口調でよいのですか」

「そうだね。会うだろうね。宮さまはあなたを待っておられた。きっとおもしろいから、はじめだけは猫をかぶって挨拶《あいさつ》してごらんよ」

「まあひどい。私は、猫ではありません。鹿の仔《こ》です」

「そうだ。こじかだったね」

舞姫は四人。右大臣家から出たこじかのほかにも、中納言家からひとり、受領《ずりょう》からふたり、選ばれている。どの舞姫の列も、まぶしいほどに豪奢《ごうしゃ》。

不作続きによる暗い世情を祓《はら》うために、本年に限り、希望する舞姫は宮中で女官として採用されることが、勅命で内定している。そのぶん、例年よりも特に華やかな参入になった。

こじかたちは、内裏の中の、いわゆる『後宮』のうち、七殿五舎に数えられる常寧殿《じょうねいでん》に入った。以前の常寧殿は、帝の后妃も住まう格の高い場所だったが、最近では儀式に使われている。先例に従って五節所《ごせちどころ》という舞姫の控室が置かれるので、内裏で過ごす間はここに滞在する。

人目に慣れていない乙女たちは、五節所で息をつくなり倒れるようになりながら、試会まではめいめい休むことになった。

だが、落ち着ける場所ではなかった。五節所とは、急ごしらえの臨時の控室でしかない。外界と五節所を分け隔てている帳《とばり》は、ばたばたと風で煽《あお》られているし、舞姫たちを覗こうとする不届きな公達《きんだち》も多くうろついている。心細くなった舞姫たちは、隅のほうで震えて固まってしまった。ただ、こじかだけが、憤った。

帳の隙間から中の様子を窺《うかが》っていた公達と目が合うと、こじかは弾《はじ》けるように跳んで行った。

「覗くのはやめてください。みな、慣れないことで疲れ切っています。どうか、試会までお待ちを」

正論を述べたのに、公達どもはげらげらと笑った。なんと下卑た声。これが都の貴族かと、こじかは息を呑《の》んだ。控えめなタケルとは、品格がまるで違う。

「お前、右大臣家の舞姫か。前評判の高いわりには、世馴《よな》れていないなあ」

「舞姫と童女は見るもの。われわれにとっては、ただの娯楽だ。慰みものが、偉そうに喋《しゃべ》るな」

「そうだ。おとなしく見られて、品定めされていればよいものを」

なんという蔑《さげす》み。暴走しそうになる心を、こじかは必死でこらえた。

「私たちは、神に舞を捧《ささ》げに来たのです。末永い五穀豊穣《ごこくほうじょう》と疫病退散、子孫繁栄……」

「そんなの、うわべだろう。右大臣家のは、理屈っぽい舞姫だな」

「養女らしいが、そのへんにしておけよ。右大臣家だぞ、睨《にら》まれたら出世が台なしだ」

「いや、俺は気に入ったね。豊明の節会のあと、俺はこいつをいただこう」

「お前は気の強い娘が好みだったな、ははは」

こじかをいただく、と宣言した公達が舐《な》めるように見てくる。それは、獲物を狩る目つき。

こんな嘲笑《ちょうしょう》に負けてはならない。五節の儀式はまだ、はじまってもいない。耐えなければ、右大臣家の名に瑕《きず》がつく。

「右大臣家の舞姫は、売約済だ」

公達が、声のするほうを見た。驚き、あわてている。みじめにも、ずるずると後退しはじめた。

帳の隙間から顔を見せたのは、宮……アカツキだった。

「こんな狭いところで、垣間見《かいまみ》にふけっているとは情けない。そなたたちに、舞姫をいたわるという心はないのか」

申し訳ありません、と悲鳴を上げて公達たちは逃げて行った。こじかの背後で、舞姫たちがいっせいに安堵《あんど》した。

「アカツキ、ありがとう」

「いや、礼には及ばない。やつらの非礼を許せ」

「許したくないわ。私たちのこと、ただの見せ物かなにかと思っていたみたいだし」

「見せ物だ」

宮は、非情にも言い切った。

「五節所は、舞姫の檻《おり》。舞姫は、見られるために生かされている。常に人の目があることを、忘れるな」

舞姫全員に諭すように言い放ったあと、宮はこじかと向き合った。

「特に、こじかは先ほどの生意気な態度が原因で、公達の評価が辛くなるだろう。右大臣やタケル中将、こじかを育ててきた者たちに迷惑がかからないよう、心して舞え。いやなら、いつでも我《わたし》のもとへ来い。存分に、かわいがってやる。我のものになれば、誰も手出しできまい」

己の主張をすますと、宮は去った。

不吉なことを耳にしてしまった気がする。自分と仲間の身を守ろうとしたことで、こじかは窮地に立たされたというのか。

こじかは振り返った。舞姫や童女がなぐさめてくれることを期待したものの、その淡い気持ちはあえなく潰《つい》えた。

「東宮さまと、懇意……」

「右大臣家の舞姫は、ふしだらな娘」

「妙な舞をするという噂《うわさ》を聞いた」

五節所は、こじかの話題でざわついた。

「懇意ではない。右大臣家の頭中将《とうのちゅうじょう》さまが、宮と親しいので何度か会っただけだ」

「右大臣家の姫という触れ込みですが、ほんとうは鄙《ひな》で生まれたのですってね」

「まあいやだ。下賤《げせん》の民」

「舞は、有名だけど老翁に習ったそうよ。舞姫の師は、元舞姫と決まっているのに」

他家の舞姫だけではない。右大臣家で揃えた童女も下仕えも、こじかに疑いのまなざしを向けてきた。醜い嫉妬《しっと》を浮かべて。

「私たちは、仲間だ。舞姫どうし、短い間だが仲よくしたいと思っている。不届き者が、いつまた出てくるかもしれないのだから、交代で見張りを置くなり、力を合わせよう」

こじかは訴えた。しかし、返って来たことばは冷ややかだった。

「見られるために来た。五節では、それが正論です。口惜《くや》しさはあっても、運が開けるかもしれない。中流やそれ以下の家に生まれた女にとって、五節は賭《か》けです。身分や財はなくても、見た目のうるわしさで勝負できる、数少ない機会だもの」

「あなたは、頭中将さまの召人《愛人》にでもしてもらうのかしら。それとも、東宮さまの女官？

どちらにしても、鄙の生まれならば大出世ね」

「見た目はいいのに、ことばづかいが最低。公達と結ばれたりなど、ありえないわ。あなたに、仲間なんて死んでも呼ばれたくありません」

ひどい言われようだった。

舞が終われば晴れて淡海へ帰れるのに、その数日が長そうだ。

暗くなるにつれて、こじかは緊張を高めた。火が灯《とも》されはじめたせいで。

試会が近づいている。タケルの笑顔を思い出し、心を落ち着かせようとするがうまくいかない。

身体《からだ》が硬い。脚も震えている。見られることに慣れていないのは、ほかの舞姫も同じだが、こじかの怯《おび》えかたは異様だった。

「あれが、右大臣家の舞姫?」

五節所を垣間見た公達に毒を吐いたという噂は、さっそく宮中に流れていた。こじか以外の三人の舞姫も、態度がよそよそしい。三人には、文や贈り物が次々と届けられる。文を披露し合ったり、若い女どうし、楽しそうに。同年代の者と親しく付き合ったことがないので、どのように振る舞えば会話の輪に入れるのか。

ここに、味方はいなかった。

さらに、火が灯る。ひとつ、ふたつ、みっつ。右大臣家の比ではない。隅々まで、昼間のように明るく照らし出されていて、まぶしいほどだ。

五節所にも、女官が紙燭《しそく》を運んで来た。めらめらと燃える炎に、こじかは顔を背け、とっさに目を瞑《つぶ》る。ぎゅっと。

「なあに。あなたもしかして、火が嫌いなの？」

中納言家の舞姫に指摘された。こじかは応とも否とも答えられずに、袖《そで》で顔を隠した。手のひらに、じっとりと汗をかきはじめている。

「五節の舞は、夜に行うのが通例だというのに。今夜の試会も、どうするつもり？　そんな調子で、私たちに恥をかかせないでちょうだいよ」

「ねえ、火を近づけて驚かせてみませんこと？　驚き過ぎたら、怖さも出て行くかもしれませんわ」

妙案を思いついたとばかりに、ひとりの童女《わらわ》が火を持ってこじかに近づいてきた。揺らめく炎の先に、火に焼かれてゆく母の悲鳴が聞こえる気がした。

「やめて、やめてったら！　やめろというのが、聞こえないのか」

こじかは狭い五節所の中を闇雲に走った。脚の鈴が警告音のように激しく鳴る。

「逃げるわ、みなで押さえ込んで。ほら、そちらへ」

跳ぶ前に、童女たちに押し潰されたこじかは顔に紙燭を近づけられた。迫り来る火に、こじかは気を失ってしまった。恐怖から逃れるには、それしかなかった。


どれぐらい、意識を失っていたのだろう。

遠くから楽の音が聞こえる。

五節所は真っ暗だった。誰もいない。

「そうだ、火を」

起き上がったこじかは、自分の装束の袖が若干、焼けていることに気がついた。しかも焦げて臭う。これでは、人前に出られない。替えの装束は用意してあるが、重いし慣れていないので、ひとりでは着替えられない。

「ひどい……」

楽の音色が聞こえる。どうやら、こじか抜きで試会がはじまっているらしかった。どうしよう。なんという失態。

試会は、帳台試と呼ばれるものであり、本番さながらに行われる予行練習。そもそも、選ばれた舞姫たちとは、合わせ舞の稽古《けいこ》は一度もしていない。最初で最後の打ち合わせをする場なのに。

こじかは、その大切な会に欠席してしまった。練習といえど、公開しているので貴族や女官ならば見ることができる。右大臣家の舞姫がいないことぐらい、誰の目にも明らかだ。

「行かなきゃ」

立ち上がろうとしたところ、装束の裾《すそ》が柱にしっかりと結ばれていたので動けなかった。解《ほど》こうとすればするほど、結び目は固く喰《く》い込んでしまう。いたずらにしては、たちが悪い。右大臣やタケルにも申し訳ない。

「行かなきゃ！」

こじかは装束の端を嚙《か》みちぎって廊下へ出た。楽の音がするほうへ駆けてゆこうとしたが、燭台《しょくだい》が点在し、庭も多数の篝火《かがりび》で明るい。

脚が竦《すく》む。前に進まない。

この火は、身を焦がす炎ではない。だいじょうぶ。足もとを照らす、大切な灯り。そう理解できていても、こじかは火が怖かった。泣かないと誓ったのに、目の前の視界が次第にぼんやりと、にじんでゆく。

「こじか！」

頭を上げて前を見ると、宮が近寄って来た。

「アカツキ……」

宮はすぐにこじかの腕をとらえ、自由な動きを奪った。

「こんなところでどうした。姿が見えないから来たのだが。気分でも悪いのかい。それにしても、無断欠席なんて。おや、袖口の黒いのは、なに？」

「いいえ、これはなんでもありません」

咄嗟《とっさ》に袖口を隠したが、宮に嘘《うそ》はつけない。

「なんでもなくは、ない。見せなさい。なにか焼け焦げた臭いがするし、でもこじかは自分から火に近づくわけがない。とすると、五節所でいじめか」

「違う、邪推だ。手を放せ」

「捨てて置けない。こじかは、我とともに」

「いやだ。試会ははじまっているんだ、行かせて」

「もう終わる。今さらのこのこじかが出て行っても、さらなる窮地に立たされるだけ。ならばいっそ、我のもとへ」

言い返せなかった。こじかは、宮の住まいである、後宮の梨壺《なしつぼ》へと連れて行かれた。

梨壺に詰めている女官たちは、噂の舞姫の登場に驚き、ことばを失った。とはいえ、女官の目はこじかに対する好奇で満ちている。

「着替えを頼む。清めてやってくれ」

宮の手から女官どもに預けられたこじかは、身をきれいに整えた。焦げた装束ではなく、宮が持ってきた青の汗衫《かざみ》を着させられる。驚くほど、手触りの良《よ》いすべすべの衣だった。

「なんでも似合うな、さすがはこじか。そなたに授けよう」

「だが、このように高価なものは」

「取っておけ。舞姫の宿舎には、毎日さまざまなものが届くと聞いている。もしや、こじかはそんな色の贈り物を、すでにもらったとか」

「まさか」

「では決まりだ。心が華やぐぞ」

酌をしても膳をつついても、こじかの不安は変わらない。胸がざわざわして落ち着かない。

「……試会を欠席したら、どうなる？」

「先例にないことをしてくれるものだ。だから、こじかはおもしろい。どうにもならない、安心しろ」

宮に助けてもらったこじかは困惑した。タケルがいないときにばかり、宮はあらわれる。

「本番へ向けて、よく休め。なにか言われたら、我のせいにしろ」

「ありがたいが、私はアカツキの所有物ではない」

「それは、百も承知。もう一度言う。なにか言われたら、すべて我のせいにするんだ。東宮に意見できる者など、まずいない」

よく休むこと。それは今のこじかにとって、魔法のことばだった。固辞しなければと思うのに、すんなりと受け入れてしまう自分がいる。考えられない。疲れていた。

「宮さま、こちらでしょうか！」

御簾《みす》越しに、息を弾ませた若い男性の声がした。

「タケル……！」

こじかが腰を浮かせかけたのを、宮が制する。

「なんだ、タケル中将。火急の用件か」

「夜遅くに、申し訳ありません。こじかが、いえこすずがいなくなったとの知らせを聞き、行方を捜しております。宮さまにはお心あたり、ございませんか」

いつになく険しい必死の形相で、タケルが自分を捜してくれている。こじかの心は、あたたかい感情であふれはじめた。すかさず、立ち上がろうとしたところ。

「ここにはいない」

宮はこじかを否定した。驚いて、宮の顔色を窺《うかが》う。平然としていた。

「ですが、五節所のほかには、宮さまのところぐらいしか考えつきません。もしや、隠していますか」

「いないと言ったら、いないのだ。ただ、行方は知っているから、これ以上捜すな。不本意な騒ぎが大きくなるだけだ。こじかは安全な場所で、ひと晩眠る。よいな。明朝には戻って来るだろう」

御簾の外で、タケルがこちらを睨《にら》んでいる。こじかは大声を上げてタケルの名を呼ぼうとしたが、宮に口を強くおさえられてしまった。

「なにをしている。早く下がれ、タケルよ」

向こう側からは見えないはずなのに、タケルはじっとこじかの座っているあたりを見据えている。

「……では、もしもこじかに会うようでしたら、『舞の基本を思い出せ』と伝えてください。こじかには、こじかにしかできない舞があるはずです」

手を伸ばしたが、宮が阻止した。タケルはとうとうこじかに気がつかず、去ってしまった。

「こじかにしかできない舞、か。思い出せそうか」

問われても、答えられない。

「我からも言うべきことがある。陰陽寮《おんようりょう》より、明日《あした》、日蝕《にっしょく》が起きるという勘申《かんじん》があった。その時刻《とき》に舞を行い、天を鎮めようと計画している。夜よりは暗くないはずだから、こじかにとっては有利だろう。ただし、どのぐらい陽が欠け、どれぐらいの間日蝕が続くのか、詳細は不明」

「日蝕のときに、舞を？」

こじかは聞き返した。

「先例がない、と嫌な顔をされたが、我の力で強引に捻《ね》じ込んでやった。実質、舞の本番は今日。最近では、御前試が重んぜられる流れに変わってきているゆえ、都合がよかった。最終日の豊明の節会での舞は、もはや余興だ」

「アカツキ、ありがとう」

自分のために、宮は無理をしてくれた。気持ちに応《こた》えたい。

「礼を述べるぐらいなら、我のものになれ。我は、こじかが欲しい。こじかは、我が持っていないものを持っている」

「なにもかも恵まれたアカツキなのに。アカツキが持っていないものを、私なんかが」

謙遜《けんそん》でもない。遠慮でもない。こじかは否定した。

「ある。こじかの中には、確かにある。どうか約束してくれ。タケルのものにはならない、と。どうしてかな、あいつだけには渡したくない」

「アカツキ……」

　宮の切ない横顔が、こじかの心に訴える。

「さあ、休もうじゃないか。目の下にクマがある舞姫など、望まれないぞ」

「五節所へ帰ったら、だめか？」

「何度言ったら分かる。またいやがらせを受けたいのか。女という生き物は、これだからもう」

「私の理解が足りなかった。次はもっとうまくやる」

　舞姫の役目を果たそうと、あらためてこじかは誓った。そんなこじかの頭を、宮はよしよしと撫《な》でてなぐさめた。

「とにかく休め、こじかよ。明日はいつ、本番になるか、我も知らないぞ」


　運命の朝が、やって来た。

　寝所《しんじょ》は別々だったとはいえ、一夜を宮の住まいで過ごし、こじかは夜明け前に起きた。

　こじかが考えていたよりも、心も身体《からだ》も疲れていたようだ。一度も目を覚ますことなく、朝までしっかりと寝られた。

静かな気持ちで目覚めを迎えたのには、わけがある。

寝る前に、女官が教えてくれた話が、こじかの心を抉《えぐ》った。

こじかが欲しい、宮はそう宣言したが、東宮であるアカツキには、すでに女御や尚侍《ないしのかみ》などの后妃が複数、そばに侍《はべ》っているという。

熱は、一気に冷めた。宮に必要とされ、浮かれていた自分が恥ずかしい。

宮は、近くに多くの女性がいながら、さらにこじかを誘っている。

また、女官は大切なことも話してくれた。未婚のタケルに、正妻として候補に挙がっているのは、帝《みかど》の娘・内親王。つまり、宮の妹なのだ、と。

目が醒《さ》めた。

やはり、宮もタケルも、身分違いの貴公子。こじかの中のわずかな淡い期待が、ふっと途切れた。

ふたりが遠く感じたが、教えてもらえて、よかった。現実をあまりに知らな過ぎた。これからは、身の丈に合った暮らしをすればよい。

やや、荒れた風が吹いている。

木々や、鳥たちはこれから起こるべき日蝕を知っているのだろうか。

こじかは一歩、二歩とそっと進む。

自分の願いは、安らかな世の中。

右大臣家にふさわしいとか、うつくしく舞うとか、欲にまみれた気持ちは捨てよう。こじかにしかできない舞をする。

五節所へ戻ったこじかは、舞姫たちに謝った。

「昨日は、いなくなってごめんなさい。本日の舞はやり遂げます」

いたずらされたこじかのほうから先に頭を下げたので、舞姫たちは後ろめたい様子だったが、こじかは宮に聞いた話を詳しく伝える。

「間もなくはじまる、御前試が、神へ捧げる舞になりそうです」

一同に、戸惑いが走る。

帝の御前で舞うだけでも緊張するのに、豊明の節会を待たずに本番が来るとは。

はじめは半信半疑だった舞姫たちは、さらに日蝕を知らされて顔色を変えた。つたなくて荒っぽいが熱のあるこじかのことばも、少女たちの心に響いたようだ。

日蝕とは不吉・不穏のしるしだし、世の乱れをあらわしている。いざ日蝕になれば、人々は動揺するはず。前兆をつかんでいても、怖いものは怖い。昼に陽が欠けて闇に包まれるなど、本来のあるべき姿ではないのだから。

こじかだって、いつまで心を強く保てるかどうか。なにしろ、暗くなるのだ。夜の闇とまでいかないにしても、火が焚《た》かれるかもしれない。

いざ暗くなったときの目印のために、こじかは羽衣を手で、びりびりと引きちぎって四つに分けた。

「この衣は、わずかな光をとらえて輝きます」

鋏《はさみ》がないので、断面は見事なまでに波立ってしまったけれど、三人の舞姫に配った。ひとりずつ、衣を胸もとに差し込んでやる。

「このようにうつくしい布を、切り裂いてよろしかったの?」

「はじめて触る質感ですわ」

「見たことがありません」

ひらひらと揺れる羽衣は、舞姫のうつくしさをよりいっそう引き立たせた。こじかは羽衣の代わりに、予備の裳《も》を腰に結った。

「私の母の、形見の衣です。みなの役に立てば母もきっと喜ぶはず」

うつくしい衣を惜しみなく分け与えたせいか、舞姫たちもこじかのことばに、少しずつ耳を傾けてくれた。こじかも、懸命に説明する。

「昨日は、こちらも子どもっぽいことをしたわね、ごめんなさい。三人での舞なんて、あり得ないと非難されてしまったし。帝の御前舞では失敗しないよう、務めましょう。神への奉納舞になるなら、なおのこと」

「楽しく舞えばよい。前向きな、明るい気持ちで。自分の舞を」

こじかの本気が伝わったのか、四人は舞の練習をはじめた。いつ呼ばれてもいいように、三人の舞姫はこじかに五節の舞の流れを教えてくれる。こじかはこじかで、みなを励ます。

「こすずさま、お届けものです」

しばらく、稽古《けいこ》に取り組んでいると、こじか宛てに包みが届いた。贈り主は、タケルだった。包みに添えてある松の枝には、結び文がついていた。すぐに、荷を開いてみる。

「これは、あの首飾り」

淡海の、アケノが持っていた母の首飾り。まばゆい宝玉の輝きに、吸い込まれそうになる。タケルは、アケノからこれを預かっていたのだ。砂袋の外し方を聞いたときに、だろうか。

『もっと早く渡したかったのですが、こじかが首飾りの持つ力に甘えてしまうのもどうかと思い、舞に合わせてと考えていました』

タケルの気配りはありがたい。しかし、首もとにはすでに宮からいただいた碧玉《へきぎょく》の飾りが下がっている。

「どちらも、みごとな首飾りね。首にかけるのはどちらにするの？」

迷った挙句、こじかは母の首飾りを選んだ。

「これも、母の形見で。タケルが……頭中将さまが預かってくださっていて」

「ならば、こちらは、こうするとよろしいわ」

提案してくれたのは、『なでしこ』という名の、中納言家の舞姫。宮にもらった首飾りを丁寧に外し、くるくると器用にまとめると、細長い棒にからめてこじかの結い髪に挿してくれた。借りた鏡を覗《のぞ》き込んだら、はじめから日陰の鬘《かずら》の一部だったように見えた。こじかが動くたび、耳の脇で碧《あお》い珠《たま》がゆらゆらと揺れて気高く輝く。

「とても上手。ありがとう」

あらためて、母の首飾りを身に着ける。舞姫たちから拍手と歓声が上がった。

はからずも、豪華な姿となってしまい、自分が装飾に負けていないか、こじかは気になった。ちらっと視線を送ると、なでしこは目を細めてほほ笑んでくれた。

「こすずさまはうつくしいので、どんな宝玉にも負けませんよ」

不安に包まれたこじかの心を察し、なでしこはやさしいことばをかけてくれた。

そうだ、こんなときは笑顔だけでよい。反発して意地を張るのではなく、明るくほほ笑めば自然と笑顔が返って来る。こじかも、照れながら笑ってみせた。

「ありがとう。みなも、うつくしいぞ……じゃない、おうつくしいです」

雅《みやび》やかにはほど遠いこじかを囲むようにして、明るい笑顔が並ぶ。

次第に、風が強くなってきた。枯葉が舞う。空が暗く、あやしい色に染まりはじめる。

間もなく、舞姫たちへの呼び出しがかかるだろう。こじかは唇を引き結び、覚悟していた。

舞が終わったら、感謝したい。おのれを取り巻くすべての人に。

四人の舞姫のうち、こじかが最年少。身体が小さいのも、こじか。もっとも身軽なのも、やはりこじか。

それでも、舞姫はこじかを中心にまとまりはじめた。こじか以外の三人は、五節の舞は余興の一環に過ぎないと教えられており、舞はまったくの初心者。

本来、舞は公の場所に出る男子が舞うもの。それを女子が行うのは、異例のこと。昨日の試会の記憶も、三人それぞれ曖昧《あいまい》なところもある。無理もない。こじかは、みなの記憶と舞師の教えを頼りに、五節の舞を組み立てる。

「舞姫殿、出番ですぞ」

女官の呼び出しに、四人は顔を見合わせた。

十一月のなかばにしては、やけに生温《なまぬる》い風が吹いている。ねっとりと、まとわりつく気配に、こじかの頬は撫でられた。

御前試は、帝のおわす清涼殿《せいりょうでん》で行われる。舞姫一行は五節所を出て、内裏の中を進む。こじか風情の身分では雲の上のごとき場所。華々しい殿舎なのだろうが、緊張のせいで周りが見えない。舞姫を先導する女官の背中を、必死に追いかけるだけ。

清涼殿の東端、弘庇《ひろひさし》に召され、しずしずと歩く。一瞬でも気を抜くと、顔を隠している扇が飛ばされそうになる。上から下から吹きつけてくる風に持って行かれそうになることを何度も繰り返し、こじかはとうとう諦《あきら》め、ぱちりと音を立てて扇を閉じた。そして、周囲を見渡す。

観客が、少ない。

小声で、なでしこに尋ねてみれば、昨日の試会の半分もいないという。どうやら、日《にっ》蝕《しょく》に恐れをなした貴族や女官は、舞どころではなく、帰邸したか、局《つぼね》に籠《こ》もってしまっているらしかった。

その気持ちは、よく分かる。

舞姫でなかったら、こじかだって日蝕の間は隠れていたい。空がどんどん暗さを増してゆく。火が灯《とも》りはじめ、こじかは身構えた。

ただ、風が強いので、点《つ》けたとたんに消えてしまうものが多い。不用意に火を使い、失火につながることを用心している。火を守っている内舎人《うどねり》には申し訳ないと思いつつも、こじかには好都合だった。

闇の深度は増してゆく。

舞姫四人は互いを見失わないように、めいめい手をつないで舞台へ上がった。空を見上げると、陽は半分ほどに欠けていた。鳥がどこかへ逃げるように、不気味に鳴きながら飛び交っている。

こじかたちが、正方形の舞台の四隅にそれぞれひとりずつ立つと、笛の音が低く聞こえはじめた。こじかは調子を整えるかのように、脚を鳴らした。両脚の鈴が、かすかに揺れる。

考えていたよりも、舞台は狭かった。横に手を広げれば、舞姫どうしの袖《そで》が触れ合ってしまいそうになる。動きが大きいこじかには向いていない。

緊張のせいか、全員の舞がぎこちない。練習のときよりもいっそう、身体《からだ》が縮こまっている。表情も険しい。

「みな、にこやかに。笑って」

さっと扇を大きく広げ直して口もとを隠しつつ、こじかは小声で告げた。

視線を清涼殿に面した東庭へ送る。黒袍《くろほう》を着た役人が並んでいる。冠が風で奪われそうになるので手でおさえている者もいた。

黒い装束の群れ中に、こじかはタケルの姿を見つけた。タケルは風にあおられても微動だにせずに、うつくしい姿勢を保っている。静かに、こじかをじっと見据えていた。

目が合った。

わずかに、タケルの顔がほころんだ。見逃すこじかではない。表情は崩さずに、心の内で喜ぶ。舞の動作のふりをして、さらっと母の首飾りに触れる。確かに受け取ったと合図を送るために。タケルは強く頷《うなず》いてくれた。すっと、心が落ち着いてきた。

琵琶《びわ》と琴の音色が加わった。舞う位置を変える。

正面、御簾《みす》の奥に帝《みかど》がおわすようだ。東宮であるアカツキも。

篝火《かがりび》は、つけたり消えたりを繰り返した末に、やがて灯らなくなった。強風で、火が建物に移ることを懸念したのか。風が吹くことまで読んでいたのだろうか、宮の着想は絶妙だった。この調子ならば、火を怖がらずに舞えるかもしれない。

そもそも、灯《あか》りは必要なかった。

舞姫たちが輝いている。

羽衣を得た四人の舞姫は、かき集めた鈍い陽光を羽衣に反射させている。あたりが暗くなればなるほど、舞は目立つ。胸を張り、袖を翻すたびに羽衣が光を帯びる。

御簾の内や東庭に、感嘆の声がじわりと広がってゆく。舞台の周囲に、人が集まる様子が見て取れた。日蝕という非常時。光が恋しくなっているところへ、待望のまばゆい光の到来。殿上人、武官に女官、微官の地下人まで、明るさに惹《ひ》かれてふらふらと吸い寄せられている。

美形揃《ぞろ》いの舞姫の中でも、特に注目を集めているのは、やはりこじか。もっとも高貴な右大臣家の舞姫という点に美貌《びぼう》、その装束や首飾りのうつくしさ、華やかさは際立っている。そして、常の姫君とは思えないほどに素早い身のこなし。ため息が漏れた。

「あの鈴の音色」

妙《たえ》なる音を生み出している鈴に、人々は聞き入った。暗示にかかったかのように、こじかの動きから目が離せないでいる。

陽は、その姿をほとんど隠した。薄雲の中に、またたく星が見えた。まるで夜。集まった人々の間に、動揺が走る。舞のために奏でられていた楽の音も止まってしまった。

細くて薄い輪状になった陽は、なかなかもとに戻らない。

「落ち着いてください。舞はまだ終わっていません、続けます！」

こじかは、扇を捨てて跳んだ。

鈴を、大きく鳴らす。

舞台の手すりに脚を引っかけ、空高く蹴《け》り上がる。木々を縫い、殿舎の屋根に上りながら舞う。短い羽衣を頭上にかかげたり、振り回したりしながら光を撒《ま》く。陽が再び姿をあらわすまで、こじかは光を集める決心をした。

舞台の中央に残された三人の姫たちも、中納言家の舞姫・なでしこを中心に、手に持った羽衣を振って光を配っている。しかも、よい声で謡《うた》を歌いはじめた。

闇は不安を生む。ゆえに、こじかは動いた。

おおげさに両脚を動かして、また鈴を鳴らす。しゃらん、ちりん。

どうか、多くの人々が心穏やかな日々を過ごせますように。恵みの光と水を。豊かな実りを。疫病や災い、争いごとで困らない世を。いつも笑顔で暮らせますように。懸命に祈ってこじかは跳んだ。

すると、ほんのわずかに光が差してきた。

「おお、陽が顔を出したぞ」

「これぞ、天が舞姫の祈りを受け入れた証拠!」

「来年は豊作間違いなし!」

人々の歓声を受け、止まっていた楽の音が再開された。こじかの鈴や舞姫たちの歌に合わせる、控えめの調べに変わっている。

こじかは舞台に戻り、ほかの舞姫たちと手をつないで舞った。依然として風は強いので、吹き飛ばされないよう、お互いを守る。舞は、陽の形が半分ほど戻るまで続けられた。

拍手に包まれ、大成功のまま、こじかたちの『五節の舞』は終了した。日蝕を祓《はら》った舞姫たちとして、長く後世に語り継がれるに違いないと、誰もが確信した。


翌日、童女《わらわ》御覧。

こじかたち、四人の舞姫は大役を果たし、ひとまず息をつくことができた。本日の主役は、舞姫付きの愛らしい童女と下仕え。ふたりずつ、計四名が四組。

「かわいそう」

こじかはつぶやいた。

いわば、品定めの会である。主役は童女とはいえ、高貴な女性は本来顔を見せないというのに。宮中という、おおやけの場所で顔を見られて品評されるなど、まったくもって悪趣味の極み。

「そういうこすずさんだって、昨日は率先して顔を晒《さら》して堂々と舞いましたよ」

「こすずさんの舞は、すばらしかった。脚に、白鷺《しらさぎ》の羽が生えているかのようで」

「わたくしは鶴だと思いました」

「天賦の舞ですね」

だいぶ心を開きはじめた舞姫たちは、こじかを囲んで会話を楽しむようになっていた。

これまで疎んじられてきた脚の力が受け入れられ、気持ちがよい。こじかも自分が認められたような気になってしまう。

「もし、舞姫さま」

聞きなれた声だと思ったところへ、右大臣家の使いがやって来た。文箱《ふばこ》を持っている。

「若殿より、文にございます」

タケルからの文ならば、絶対に早く読みたい。こじかは嬉々《きき》として文を開いた。

『こじか、いいえこすず。昨夜は、おつかれさまでした。すばらしい舞のあまり、あれはわたしの妹だと、まわりに自慢してしまいました。さて、これからの予定は……』

舞が、タケルには気に入らなかっただろうか。うわべだけを褒めてあって、こじかの内面には響いてこない淡々とした文面で、後半には連絡すべき事項だけがしるしてあった。

実は、舞が終わって五節所《ごせちどころ》へ戻ったころから、公達《きんだち》からは誘い文や贈り物が山のように届いている。タケルの文は遅いくらいだった。それでも、いとおしくなって、こじかは文の字をなぞるようにして撫《な》でた。かすかに、タケルの香りがした。逢《あ》いたい。

「なあに、その文。こすずさまの、大切なお方からのものなの？」

「あやしいわ。見せてくださいませ」

「どなたからですか」

質問攻めに遭った。

「待って。先に、返事を書かせてください」

こじかは質問を躱《かわ》し、部屋の隅に隠れるようにしながら、返事をしたためる。つたないひらがなで。そして褒美をつけて使いに渡すと、舞姫たちが群がってきた。

「聞かなくても伝わってくるわ、東宮さまでしょう」

「いいわねえ、こすずさまは。東宮御所入りが内定で」

「女官どころか、妃《きさき》として招かれそうな勢い」

うっとりとした表情で、舞姫たちは勝手な想像を膨らませていた。

「なぜ、宮だと思うの？　私は宮とはなんでもないのに。あれは右大臣家よりの使いです」

「ご実家からのお文でしたの、残念。東宮さまでしたらよかったのに」

「なんでもない態度には感じられません。東宮さまに守られて、女としては本望ですよね、こすずさま？」

まるで、物語の女主人公を羨《うらや》むごとき眼つきを投げかけられてしまう。

「私には、宮の本意がつかめません。ただ、毛並みが違う珍獣を、おもしろがっているだけとしか」

反論するこじかだが、舞姫たちの耳には届かない。

「なにを言っていらっしゃるの。こすずさまは、稀有《けう》の才の持ち主。東宮さまが惹《ひ》かれるのも納得です」

「できるものならば、代わってほしいぐらいですわね」

「舞姫が東宮さまに見初められるなんて、幸運。強運の持ち主。伝説の舞姫になるでしょう」

三人の舞姫によって、こじかの反論はすぐに否定された。

宮の興味は、重荷でしかない。こじかは右大臣家の、タケルの舞姫。宮の舞姫ではない。飽きたらきっと、見向きもしなくなる。

「それにしても、童女御覧の行事は痛ましいですね」

こじかが困っているのを察したのか、中納言家のなでしこが話題を変えた。

支度を終えた童女と下仕えたちが、次々と人前に牽《ひ》き出されてゆく。

右大臣家の童女ふたりは十歳ほどなので、小柄なこじかと見た目はあまり変わらない。寡黙な童女たちはなにも語らないけれど、人に見られる羞恥《しゅうち》も芽生えている年ごろ。

右大臣家では、都じゅうを駆けてうつくしい少女を探したと聞いたが、結局は邸《やしき》で使っている女童《めのわらわ》を使った。うつくしいだけでは務まらない。宮中で目立つ、所作や気品まで考慮に入れると、やはり邸住まいの子どもがふさわしい。

しかし、先例や家格に縛られている殿上人の息抜きになっていることも、また事実。本来の奉納舞よりも、余興であったはずの御覧の行事のほうが重きをなしはじめていた。そろそろと歩く童女。舞姫のように芸があるわけでもなく、ただ注目を浴びるだけの少女たち。こじかも、跳べなかったらあちら側に属していたかもしれない。

昨日とは打って変わり、舞姫が童女に付き添うかたちで、儀式が進む予定。舞姫たちは御前舞を終えたので、表情が明るい。

ただ、こじかだけは、顔が強張《こわば》っていた。夕刻にははじまる予定だったのに、すでにほの暗い。灯りが入るのも、間もなくである。

「こすずさま、どうかなされました？」

舞はうまくいったものの、火は克服できていない。弱点を突かれてしまう前に、早く宮中を下がりたい。

中納言家のなでしこが、こじかの顔を心配そうに覗《のぞ》き込んだ。はじめは好印象ではなかったが、よくよく付き合ってみれば気配りもできる。そして、もちろんうつくしい姫。

「実は。火が、ほんとうに怖《おそ》ろしいのです」

受領《ずりょう》の舞姫たちもこじかを案じていた。

「まあ。あんないたずらを仕掛けたときから、それとなく解っていましたけれどね。よく、舞姫を務めようと決意なされました」

「五節の舞に関わる行事は、ほとんど夜にありますもの。これまでずっと、こすずさまはおひとりで我慢なされていたのね、おいたわしいこと。悪いいたずらをしてしまったわ。ほんとうにごめんなさい」

火が怖いと言って、笑われなかったのは久しぶり。

「あきれたり、しないのか」

つい、こじかは素に戻って口調もふだんのものになってしまった。

「あきれるどころか、かわいらしいです。完璧《かんぺき》な舞姫であるこすずさまにも、苦手なものがあったなんて」

なでしこは、白く細い手でこじかの手のひらを包んだ。受領の舞姫二人も、なでしこの真似《まね》をした。

「そうです、遠慮なさらずに。御覧の間は、私たちがこすずさまの両脇を固めてお守りします」

「私は虫が怖くて。あと、雷と地震も」

みな、それぞれに苦手なものがあった。こじかの場合は、生きてゆくには不可欠な『火』だったが、ひとりで怯《おび》えていたことがおかしくなってしまった。

こんなふうに、歳《とし》の近い少女たちと、気楽に話をするのがほとんどはじめてのこじかには、なにもかもが新しい。

「笑いたかったら、笑ってくれ。私は、今でこそ右大臣家の養女だが、生まれは淡海《おうみ》だし、こんなことばづかいで荒っぽいし、なにしろ跳ぶし」

「淡海？　うわあ、羨ましい。まるきりの鄙《ひな》ではないのね」

「都人は、たいがい都しか知らないのよ。水が豊かなところでしょう、素敵」

淡海の話をもっと聞きたいと、舞姫たちに詰め寄られたが、童女御覧がはじまるというので女官が迎えに来て、中断となった。それでも、あとで必ず続きを話す約束をさせられた。

童女や下仕えとともに、こじかは舞台に向かっている。昨日、舞ったことが、遠い昔のことのように思えた。

三人の舞姫たちはこじかを護衛するように、歩いてくれている。すでに火が入っている。ときおり、ぱちぱちと爆《は》ぜる篝火《かがりび》に驚きながらも、こじかはゆっくりと進む。

右大臣家の童女は青の汗衫《かざみ》。受領の二家は黄と紅、中納言家は白の装束である。

「白というのは、珍しいわね」

受領の舞姫のひとりがささやいた。

「氷の襲《かさね》なんですって。あの童女、雪の朝に拾われたとかで」

それとなく扇で指されたほうを見やる。童女にしては、すっきりとおとなびた顔立ちをしている。白の衣のせいか、冷たささえも感じるほどに冴《さ》えている。

ぼんやりと、白の童女に見とれていたせいか、こじかの歩き方が雑になり、しゃりんと鈴が鳴ってしまった。その音に気がついたのか、童女がこじかを強く睨《にら》んできた。気まずくて、こじかは視線を逸《そ》らした。

「右大臣家の舞姫さま、前をお向きなさって」

女官にも注意されたので、こじかは言われたとおりに、おとなしく歩きはじめた。

舞台に、各家の童女八人が横一列に並んで座っている。

俯《うつむ》きがちの顔を扇で隠し、皇族や殿上人から指名された順に顔を見せる。舞台から一段低い場所にいる下仕えの者たちも、同じく顔を見られる。

舞姫たちは、童女の背後に立ててある几帳《きちょう》の奥に控えていた。こじかが連れて来た右大臣家の童女も心配だが、白の童女の存在がやけに気になる。

自分の境遇に似ている。

直接、話したわけでもない。他人から、噂《うわさ》を聞いただけ。しかし、自然と目で追ってしまう。白の童女本人は名前も覚えていなかったので、雪の朝という連想より『ゆき』と名づけたと、なでしこが教えてくれた。

やがて、帝《みかど》が出御され、御覧がはじまった。

こじかは目を凝らしてタケルの姿を探す。御覧になるため、御簾《みす》が巻き上がっているのでよく見えそうなのに、殿舎の中は薄暗く、おぼろげだ。しかも殿上人はみな、黒の袍《ほう》を身につけている。

タケル、タケル……。

声に出した覚えはなかったが、舞姫たちが教えてくれた。

「頭中将《とうのちゅうじょう》さまなら、あちらに」

タケルは帝に近侍していた。厚く信頼されているのだろう。こじかはうれしくなった。

童女たちはひとりひとり、じっくりと顔を見られている。舞や楽など、芸は要求されない。ただ、見られるだけ。

下問されると、答えなければならない。たまに、神事の場にはふさわしくない、卑猥《ひわい》な問いかけもあり、幼い童女たちは顔を赤くした。酒が入った殿上人の数人が、舐《な》めるように間近で観賞しはじめた。

場が、乱れる。酒が振る舞われ、歌う者。踊る者。タケルは周囲にねだられて笛を吹いている。

舞姫ですら、娯楽だと言い捨てられたのに、童女はさらにつらい立場。淡海で庶民同然に暮らしていたこじかにはさほど抵抗がなかったが、都の暮らしを知る者にとっては屈辱に違いない。

「身分が低いのに、うつくしく生まれてしまった己の運を悔いるしかないな」

するりと、几帳の中に入ってきたのは、宮だった。

不意を突かれたが、三人の舞姫たちはもっと驚いていた。慌てて扇や袖《そで》で顔を隠す。こじかだけが、宮に向き合った。

「アカツキ、このようなところへ来てもよいのか」

「痴《し》れ者たちの騒ぎは好みでない。こじかのそばにいたほうが、楽しそうだ。昨日の舞、すばらしかった。タケルの舞姫姿は残念ながら見られなかったが、こじかの祈りは必ず天に届いた」

舞が終わってすぐに、宮からは文で激賞されていたものの、改めて口にされると照れる。すでに妃がいることや身分の差は忘れていないが、お礼は伝えたい。

「ありがとう。アカツキこそ、五節の舞を日蝕《にっしょく》にぶつけるなんて奇策、よく思いついたな。助かった。しかも、風が吹いて火が消えたし」

「夜の暗さよりも、日蝕の暗さのほうが、いくらかましだろう。御前試が五節の舞を兼ねるなど、先例がなくて説得には苦労したが、日蝕の不安も払拭《ふっしょく》できたし、なによりもこじかが喜んでくれて、よかった」

こじかは頷いて返した。

「それと、舞姫たちに伝えることがある。本来ならば、豊明の節会が舞披露の場だが、明日の舞は簡単に行うと決まった……というか、帝が決定なさった。これ以上の舞は必要なし、と。我々も同意だ。舞台には上がってもらうけれど、笑顔で数回、袖を振るだけでよいぞ」

みな、くたびれただろう、と宮は片目をつぶってこじかに合図を送ってきた。

舞姫たちはいっせいに歓声を上げた。もう一度、昨日と同じ舞をしろと言われたらどうしよう、と考えていたらしい。こじかも同じだった。

舞はうまくいったが、小細工を弄《ろう》した。すぐに舞えと命じられても、火を使う場では難しい。火は乗り越えなければ。こじかは誓った。

「右大臣家の童女もよいが、今宵《こよい》の主役は中納言家の氷襲だな」

宮も、こじかと同じ童女に注目していたので、問うてみた。

「あの童女、アカツキも気になるか」

「とても気になる」

即答した宮に対し、黙ってしまったこじかを宮は笑った。

「嫉妬《しっと》してくれるのか。爽快だ」

「違う。嫉妬ではない」

「なんとも残念。でも、あの表情。周りを取り囲んでいる殿上人を、蠅《はえ》のようにあしらっている。氷でできた仏像のようだね」

童女のゆきは半眼のまま、たまにひとことふたこと喋《しゃべ》るけれど、まったく動じない。愛想笑いもしない。

宮は、なでしこにゆきの素性を尋ねている。こじかも耳を傾けた。名前どころか、生まれも、はっきりとした年齢も実は分からないという。半月ほど前の、小雪のちらつく朝、中納言家の門前に、汚れた薄衣《うすぎぬ》一枚でぽつんと立っていたそうだ。

「はじめは、気味が悪いから放っておこうとしたのですが、ゆきを拾った家司が『磨けば珠《たま》になりそうだ』と言うので、邸《やしき》に入れたのです。それは事実でした。不愛想でも、うつくしいので五節に使おうと、父が」

「おやおや、磨いたらきれいになったとか、どこかで聞いた覚えがある話だね、こじか」

「私の話はいい。ゆきのことを聞いている」

話をこじかに向けてくるので、こじかは口を尖《とが》らせた。

「近ごろでは、こすずとかいう、たいそうかわいい名をいただいているが、とにかく身体《からだ》が細いし、跳んだりするので、淡海では『こじか』と呼ばれていたそうだよ」

なでしこに向かって、宮は目くばせを送った。

「そんな理由でしたの。こじかっていったい、なんのことかと」

「やめてくれ、アカツキ！　なでしこに余計なことを教えるな」

こじかは、宮に跳びかかりそうになった。その口を塞《ふさ》いでしまいたい。

「境遇はこじかに似ているが、品《ひん》はまるで違うね」

こじかは、ゆきを見た。外見は、高貴な童女を装っている。短い間に化けられるのだろうか。気が緩むと、つい乱暴に振る舞ってしまうこじかには無理だ。

「正体は、狐《きつね》……とか」

「なるほど、鹿と狐の戦いか。それはおもしろい」

「ふざけるな。もともとは、やんごとなき姫君だった、とか。盗賊に攫《さら》われた……神隠し……鬼に……いや天狗《てんぐ》に、か」

考えてゆくうちに、どきりとした。こじかには思い当たることがあった。

そう、本物の『こすず』だ。

タケルの妹、こすずは天狗に喰《く》われたという。

いや、そんな偶然はあるのか？　こすずは、当時三歳。こじかの目の前にいるゆきは小柄とはいえ、せいぜい十ほどにしか映らない。タケルの妹ならば、もう少し大きくなっているはず。こじかと同じ十四以上には。

「散歩しよう、こじか。童女御覧は、このまま宴《うたげ》になる」

宮はこじかの手を引いて舞台の裏手へ出た。女官たちがこじかをいっせいに睨んできたけれど、東宮には意見できない。

「我《わたし》をかかえて、跳べるか」

「は、跳ぶ？」

こじかは聞き返した。そんなことを言われたのは、はじめてだ。

「跳んでみたい。我が生きている都を眺めてみたい。どうだ、できるか」

子どものようにせがまれてしまい、こじかは了解した。

「鳥ではないから、長い間は飛べない。跳ねるだけだ。落ちないように、しっかりとつかまっていてくれ。暗いぞ。私は慣れているが、だいじょうぶか」

「東宮に向かって『だいじょうぶか』とは、相変わらずひどい言いぐさだな。うつくしいのはうわべだけか」

「悪いな。いくら着飾っても、中身は淡海のこじかだ」

都に出て、たくさん学んだ。稽古《けいこ》もした。それでも、こじかの心は変わっていない。ただのこじか。

「そんなこじかだから、一緒にいて楽しいのだ。さあ、頼む」

了解したこじかは重い装束を脱ぎ、裳《も》も外して身軽な姿になった。それでもまだ五枚は重ね着している。宮も脱ごうと言ってくれたが、こじかは断った。

はるかに上背のある宮を、どのようにかかえようかこじかは迷ったが、結局背負うことにした。こじかの脚が自由に動かなくては跳べるものも跳べない。

「逆芥川《あくたがわ》か」

宮は、伊勢物語《いせものがたり》の故事を引き合いに出した。恋する女君をひそかに盗み出した男が、女君を背負って逃げる挿話がある。

「思い切り跳ぶのは、久しぶり」

淡海では砂袋をされていたために、跳べなかった。自由に跳んだのは、いつだろう。

昨日は、舞っただけ。大きく跳んではいない。もしかしたら、初めて跳んだとき以来かもしれない。

……不意に、誰かの怒っている声が聞こえてきた。強い口調。引き返せ、と叫んでいる？

地を蹴《け》って、跳べ、と？

淡海のアケノ？ それとも国司？ 父だろうか。まさか母……？

「こじか！」

宮に腕を引っ張られた。

過去の記憶に意識を飛ばしていたせいか、しばらくこじかは茫然《ぼうぜん》としていた。

「どうした、急に棒立ちになって。早《はよ》う、跳べ。近侍の誰かに見つかるとうるさい」

「……そ、そうだな、では」

なにかつかめそうだったが、宮のことばで現実に引き戻されてしまい、霧消した。火事の記憶に大きな引っかかりを感じたのだが、それより宮を落下させないよう跳ぶことに、頭の中身を切り替えた。

助走をつけて、床を蹴る。

跳べるといっても、月や星に手が届くわけではない。せいぜい、長寿を保っている高く伸びた木……欅《けやき》や公孫樹《いちょう》、松などと肩を並べるぐらい。しかも、滞空していられるのも十を数えるほど。木の幹を蹴り、こじかは鈴を鳴らして跳んだ。宮は大喜びである。

見下ろせば、夜の暗さの中で、火の焚《た》かれた宮中だけが異様に明るかった。闇に浮かぶ舟のようだった。色さまざまな女装束が、輝いて見えた。楽の音や歓声が上がり、賑《にぎ》わっている。

上空は、風が強かった。一度の蹴りでも、風に乗って長く跳べた。

「やあ、よき眺めだ。内裏が見渡せる。宴会が盛り上がっているなあ。次は昼間に跳んでもらおう。羅城門《らじょうもん》まで行きたい」

「明るいときは目立つからだめだ。そもそも、アカツキはお忍び自慢なんだから、羅城門でもなんでも行けるだろう」

「手厳しいな。上から眺めたいのに」

そして、快活に笑ってこじかの耳もとにささやく。

「誰もいないから、我の企てを教えてやろう。我は、こじかの入内《じゅだい》を正式に望む。近々、右大臣と前淡海国司へ通告する。こじかも、その心づもりでいるように。右大臣家の養女ならば、尚侍《ないしのかみ》にはなれる。我が帝《みかど》になったときには、女御にしよう。子を産めば、いずれは中宮に。そなたの力が欲しい」

一瞬、息を呑《の》み、こじかは首を横に強く振って拒否を示した。

「私には、力なんて、ない。それに、アカツキの後宮には、女御さま方がすでにいらっしゃるというではないか。私はその列に入りたくない。寵《ちょう》を争うなんて、いやだ。淡海へ帰りたい」

「これは命令だ、こじか」

返事が、できなかった。

指先が、手のひらが次第に冷たくなってゆく。

東宮である宮が正式にと言い出せば、断れない。

今はただ、宮を落とさないように背負わなければならない。その一心で、こじかは跳んでいた。

こじかが五節所に戻ったころには、みな寝静まっていた。淡海のことを語り明かすはずだったのに。この身を、なかなか放してくれなかった宮のせいだ。

大きな脚音を立てないように、そろそろと、こじかは帳《とばり》の内へ進むが、心に乱れがあるせいか、しゃらりと脚の鈴が鳴ってしまった。あわてて止まったが、遅かった。

「こすずさまでしたか」

もっとも端近で横になっていた人物を起こしてしまった。声だけでは誰なのかはっきりしなかったが、愛らしいので、おそらく童女《わらわ》のものだ。

「ごめんなさい。すぐに休むから、そのままでいて。先ほどまで、おつかれさまでした」

「いいえ。私、こすずさまに話があって、お待ちしておりましたの」

「私を？」

こじかは足を止め、帳の外に出た。遅めに顔を出した二十二日の月が光っている。月明かりに照らされ、童女の正体が明らかになった。

「ゆきさん」

「呼び捨てで構いません。私のほうも、こじかさまと呼ばせていただきます。私たち、明日には宮中を退出でしょう、もうお会いできないかもしれませんもの、よろしいですね」

反対する理由がないので、こじかはゆきのあとをついて歩いた。嫌だとは言えなかった。予期していたよりも、ゆきは能弁だった。

ゆきは姿勢がよいし、物腰もしとやかで、半月ほど前に拾われた童女とは思えないほど、こじかの目には高貴に映る。自分とは大違い。

「あそこにしましょう」

五節所からやや離れた松の木の下に、ふたりは座った。誰もいないし、篝火《かがりび》もない。内密の話をするにはうってつけの機会だけれども、こじかはゆきの出方を待った。

「私のことを、我が姫さまにいろいろとお聞きなされたようですね。光栄です」

我が姫、つまり中納言家のなでしこを指していると察した。

「お互い、たたけばいくらでも埃《ほこり》が出る身の上。それでも、他人の詮索《せんさく》っておもしろいものですよね」

「気を悪くさせていたら、謝る。ゆきが、私の知っている心当たりの人に似ているから、つい。反省する」

「知っている、人？」

ゆきは目をしばたたかせた。やはり、似ている。いつも穏やかで、あたたかい人に。

言い出してよいものか、こじかはためらった。否定されるのが怖い。もしも違ったら、がっかりだ。

「いいえ。先に、ゆきの話を聞かせて」

こじかは、ゆきのことばをうながした。はじめこそ、愛らしく首を傾《かし》げていたゆきが、にたりとあやしく笑った。

「東宮へ入内するな！」

厳しく鋭い口調だった。先ほどとは打って変わった、冷え切った声。

「東宮だけではない。頭中将にも近づくな。早く、淡海へ帰れ」

ゆきには、淡海の話をしていないはず。舞姫の誰かから聞いたのか？

「天狗の血をひく、焔《ほむら》の舞姫。お前は、不吉をもたらす。帰らないなら、私が消してやる」

強く、腕をつかまれていた。こじかは身体《からだ》を引いたものの、遅かった。動かない。ゆきはいつの間に用意したのか、火のついた紙燭《しそく》を持っていた。炎が、ゆらゆらと、こじかの顔の間近で揺れている。熱い。怖い。

「やめて。ゆき、お願い」

「われわれ北の天狗は、火を生み出せる。お前たち、西の天狗が跳ぶように。東宮に媚《こ》び、都を奪うつもりか？　お前に流れている血は、穢《けが》れている」

「なにを言っている？　私は、なにも知らない。穢れてなんて、いない！　そもそも、言われなくても、淡海へ帰る」

「いや。脚の力と羽衣を持っている時点で、お前は天狗《てんぐ》。幼き私を攫《さら》ったように、天狗の手引きをするのだろうが」

袖《そで》を引き抜こうとしても動かない。ゆきの力は強い。

「天狗のことなど、知らない。右大臣家の妹姫・こすずは、お前だな？」

「遠い昔のことだ。私は、天狗の娘として育てられた。童女として宮中へ来たのも、天狗の命令。お前を潰すために」

「天狗どうしで潰すなんて、なぜ？」

おおげさに、ゆきはため息をついて見せた。炎がゆらいだ。

「まったく知らないとは。お前の母は、西の天狗。私は北の天狗だ。ひとくちに天狗といっても、いろいろある。天狗の血をひきながら、一族からは離れて暮らしていたお前のように。私も、もとは一貴族の娘だったそうだ」

「では、ゆきはやっぱりこすず姫なのか。なぜ、名乗り出ない。タケルも母君も右大臣さまも、よろこぶのに」

ゆきはこじかの問いには答えなかった。

「昔から、西と北は仲が悪い。元来、西の天狗は欲深い。お前の母は、夫を惑わして淡海を手に入れようとした。はかない、かりそめの情などにうつつを抜かしていなければ、お前の母は淡海の女王になっていただろうね。いや、それどころか、都をも手にしていたかもしれない」

火が、いっそうこじかに迫る。衣の端がちりちりと焦げ、いやな臭いがした。

「火はいけない。今夜は、空の上に強い風が吹いている。燃え広がったら、人の手では止められない」

「すべて、焼けてしまえばよい。帝や東宮の代わりならば、いくらでもいる。お前を片づけることが、最優先」

「内裏が燃えてしまったら、ゆきは重罪人。そんなことになったら、いくら兄のタケルだってかばえないし、母君も悲しむ。母君は、ゆきのことを忘れていない」

母君のことを訴えたせいか、効果が出た。ゆきがためらったせいで、火が小さくなった。

こじかは押してみる。

「母君も右大臣さまもおやさしい人柄。ゆきが天狗に騙《だま》されていたことを知ったら、全力でかばってくださるはず。だから、火を消して。これから、一緒にタケルを捜そう。きっと宮中のどこかにいる」

こじかの必死の願いを、ゆきは嗤《わら》った。

「ふん。なにを言い出すかと思えば。では、賭《か》けをしよう。大火から都を守れたら、こじかの勝ち。守れなかったときは、火に巻かれて死ね。お前の母のように。あのとき私は、ずっと見ていた。火を消そうと、お前の母は飛び込んだ」

「火を、消そうと……？」

聞いていた話と違う。母が火を放ったという噂《うわさ》は偽りだったのか。

「その羽衣を広げて振れば、一瞬にして消し止められるそうだ。だが、知恵のないあさはかなお前は、羽衣を切り裂いてほかの舞姫に配ってしまった。たとえ集められたとしても、羽衣の力はどうなっているのかねえ」

高笑いをしながら、ゆきは紙燭を高く投げ、五節所の帳の中へ放り込んだ。ぼっ、という音を立てた火は布に燃え移り、まっすぐ天に向かって伸びはじめる。

「なんてことをするんだ！」

「今夜は童女御覧の騒ぎで、宿直《とのい》の殿上人も酔い潰れていそうだ。さあ、どうする？」

ゆきは、こじかごと内裏を焼き払う心構えでいる。松の根もとにゆったりと座り直した。

近ごろ、雨も雪も降っていないので、空気が乾いている。たちまちのうちに、火が几《き》帳《ちょう》や柱、天井に移りそうな勢い。帳の内で眠っている舞姫たちが危ない。みな、疲れていて、ぐっすり眠っていた。

こじかははげしい憤りを感じ、ゆきをきつく睨《にら》みつけた。ゆきの応《こた》えはない。笑っていた。これから起こる混乱を、期待している顔つきだった。言いたいことはたくさんあるが、まずは命を救わなければならない。

「私は誰も傷つけたりしない。内裏も、都も守ってみせる。もちろん、ゆき……こすずのことも」

決意したこじかを、ゆきは涼しい顔で見下ろした。

「ああ、見せてもらおう。西の天狗の娘、焔の舞姫よ」

五節所に向かって駆けたこじかは、帳を手で大きく払いのけた。


……熱い。

すでに、ごうごうと音を立てて火が回っている。こじかが帳を開いたため、五節所の内に新しい空気が入り、火の勢いがいっそう強くなってしまった。

火が怖いし、目も喉《のど》も痛いし、脚が震えているけれど、そんなことは言っていられない。

こじかが顔を上げると、舞姫たちが童女をたたき起こしていた。

「私が帳をおさえているから、早く外へ！」

かすれた声しか出ない。気持ちだけが焦る。

「なあに、これは！」

「外って言われても」

「無理よ。怖い」

「できないわ」

「助けて、母上……」

少女たちは徐々に起き出したが、現実を見て激しく動揺する。

「黙れ！　つべこべ言う暇があったら、衣を何枚か脱いで出るんだ。今なら、火に突っ込んでも、少しやけどするぐらいで済む。ここに留《とど》まっていたら、いずれ息ができなくなるか、天井や梁《はり》が落ちてきて死ぬぞ」

こじかの罵声《ばせい》に、泣きながらなでしこが訴える。うつくしい顔がゆがんでいた。

「ゆきがいないのよ、どうしましょう」

「白の童女は、すでに外で待っている。異変を……私に知らせてくれた」

なにごとだと寝ぼけている童女が、火の勢いの激しさに気がつき、悲鳴を上げて倒れた。

周りの少女たちに、恐怖が伝わってゆく。

まずい。このままでは、全員を助け出せない。こじかは歯を喰《く》いしばって跳び、倒れた童女のもとへ寄った。苦しそうだが、息はしている。

「さあ、私の後ろについて来て」

こじかは倒れてしまった童女をかかえ上げる。小柄な子なのに、脱力放心しているせいか、重く感じる。しかも、泣いている童女たちが、いっせいにこじかの周りに集まり、袖を引っ張ったり裾《すそ》を踏んだりと、動きづらくてかなわない。

息を吸い込んで注意しようとしたものの、熱っぽい風に喉を焼かれそうになって苦しい。こじかは黙って外を目指した。手がふさがっているので、脚の鈴を大きく鳴らす。ちりちりと、愛らしい音が聞こえる。少女たちを励ますかのように。

鈴の音色を頼りに、進む。ちらっと振り返って後ろを確認すると、もっとも危険な最後尾は、なでしこが担当していた。唇をきゅっと引き結び、袖を振って合図をくれた。こじかは大きく頷《うなず》いて返した。

舞姫たちでも歩けそうな無事な道筋を確保し、どうにか全員を避難させた。

みな、装束どころか、髪の端さえも焦げている。顔も腕も煤《すす》け、浅ましい姿と化している。舞姫だの、童女だのと、この数日にわたって宮中を賑《にぎ》わせた少女たちとは思えないほど、痛々しい。

火が大きくなっているのに、鎮火活動ははじまっていないどころか、まだ気がつかれてもいない。

「ここが火もとだ。誰か、人を呼んできて。お願い。これ以上、火が広がらないうちに」

それどころではないといったふうで、地面に倒れ込んでいる少女たち。気の毒だったが、こじかは鬼になった。

「なでしこ、頼む。死人が出ないうちに知らせを」

「そんな力、ありません。そのうち誰か来るでしょう。こすずさまが行ってはどうなの」

疲労が浮かんだ目で強く睨《にら》まれてしまったけれど、怯《ひる》んでいる場合ではない。

「私は羽衣を探したい。三人に分けたあれは、どこだ？」

三人の舞姫はぐったりしていたり、気が立っていたり、平常心を失っている。なでしこが仕方ないといった感じで応えてくれた。

「あの布？　知らないわ。持っていない。ほかの装束と一緒に、長櫃《ながびつ》の中へしまったのではないかしら」

「長櫃か……」

火はますます勢いを上げ、上空へ噴き出すように燃えている。

「わ、私の預かっていた分は、ここに」

受領《ずりょう》の舞姫のうちのひとりは、肌身離さず持っていたらしく、すぐさまこじかに返してくれた。非常時にも、炎の明るさを受けてきらきらと光っている。

「ありがとう。この衣は燃えない。火を防いでくれるんだ」

こじかが持っている分の羽衣と結び合わせ、半分が揃《そろ》った。

「ごめんなさい。私がいただいた羽衣は、褥《しとね》の下。あれを持って寝たら、昨夜はいい夢を見られたから」

もうひとりの舞姫は、申し訳なさそうに告白した。舞が終わったら、すぐに返してくれと言わなかった、こじか自身が悪い。

火に、飛び込むしかないのか？　こじかはごくりと喉を鳴らした。手指だけではなく、再び脚も震えている。もともと火が怖い上に、一歩間違えたら火に巻かれて命を落とす。ためらっているひまはなかった。母の形見を手離したくない。この火を消すためにも、使えるはずだ。こじかは、衵《あこめ》と羽衣を頭にかぶって突っ込んだ。背後で、こじかを止める声が聞こえた気がしたけれど、受け入れることはできなかった。

五節所の中は、柱が焼け落ちはじめ、いつ建物が崩れてもおかしくない状態にある。こじかは脚の力を使ってさらに息を押し殺し、舞装束をしまってある長櫃の前へ進む。

同じような櫃がいくつも並んでいる。十、いや二十あるだろうか。中身をいちいち確認していたら、さすがのこじかも間に合わない。火除《ひよ》けの布で両手が塞《ふさ》がっているし、無礼を承知で、こじかは長櫃に蹴りを入れた。

脚につけた鈴の音とともに、いくつもの櫃がどんと床に転がり、装束や小物があふれ出た。羽衣は燃えない。燃えない布が、羽衣だ。

こじかは長櫃を何度も蹴る。いくつも蹴り上げる。こんな場面を他人に見られたら、どうかしていると思われるに違いない。

「羽衣。羽衣……天狗《てんぐ》の、母の、天の羽衣！」

しかし、長櫃の中にはうつくしい舞姫装束が畳んであるだけで、かんじんの羽衣は出て来ない。焦ったこじかは、先に褥の下に挟んだという羽衣を探すことにした。

なかば火のついた寝具を、ひとつずつこじかはひっくり返した。誰がどこで寝ていたかも分からない。ない。見つからない。熱い。苦しい。痛い。ここで死んでしまうことを、こじかは本気で感じはじめた。

きゅっと、羽衣を握り直して振ってみた。ゆきは、羽衣を広げて振ると火が消せると言っていた。

すると、目の前の火の勢いが、かすかに弱くなったが次の瞬間にはもう、こじかの身体《からだ》を包むほどに成長している。

切って分けてしまう前ならば、立派に火を避《よ》けてくれたのだろうか。

こんなところで倒れてしまってはいけないという気持ちと、もう役目を終えたのではないかという心が、交互にこじかを襲う。

うねり上がった火が、迫ってくる。

着ている装束に火が移るのを怖《おそ》れたこじかは、重い袙をすべて捨て、かもじを引きちぎって軽装になった。単衣《ひとえ》に袴《はかま》。肩下までしかない短い髪。貴族の姫君にしては、はしたないまでの薄着でも、もともと淡海生まれのこじかには、これでじゅうぶん。

なくした羽衣は見つからない。いよいよ火が近い。

こじかは羽衣探しを諦《あきら》めた。手元に戻った羽衣でなんとかするか、ほかの方法で火を消すか。燃えないのならば、羽衣はあとで見つかる。鎮火したら、焼け跡へ真っ先に跳んでこよう。そうと決めたら、早く外へ出なければ。これ以上、ここに残るのはあぶない。

退路を確保しようと焦っていると、燃えている柱がこじかめがけて倒れてきた。鈴を鳴らして大きく跳ぶ。どうにか助かったが、出口が遠い。炎でゆらゆら動いているように映るのか、風が強いのか。こじかは冷静な判断を失っている。泣きたくないのに、涙がこぼれて止まらない。

今度は、火のついた几帳が倒れてきて、こじかを襲う。

「あっ……！」

炎の柱が、こじかの心の鍵《かぎ》を、とうとうこじ開けた。

あれは、こじか五歳の冬。

季節はちょうど、今と同じころ。

幼いこじかは、母のそばにいた。母は、朝から泣いていた。こじかは母をなぐさめつづけたのに、母の涙は止まらなかった。

風の強い夜だった。

こじかはいつの間にか寝てしまっていた。不意に起きて、母がそばにいないことに気がつき、こじかはあわてて捜して歩いた。

「ははさま?」

母は、館《たち》の正殿の裏手で、誰かと口論をしていた。相手はこじかよりも年上、おとなではなく、少女ぐらいの年ごろに見えた。

『だから裏切られた』『信じるべきではなかった』などと、不穏なやり取りが繰り返されている。こじかは子どもながらにも恐怖を感じて立ち去ろうとしたが、口論相手の手から火が噴き出した。火は、たちまち館に燃え広がり、周辺の役所や官人街を含めた国庁一帯を焼きつくそうとする。

火の勢いを食い止めようと、母は跳び込んだ。

「羽衣はどこ?」

　そう、母は羽衣の力を使って火を消そうとした。

羽衣は父が隠し持っている。母は、父の部屋に滑り込み、持ち物を片っ端から調べてゆくが、見つからない。すでに父は、羽衣を持って遠くに逃げていた。そのことを母は知らなかった。

「ははさま！」

　こじかは母を追いかけ、国司館の正殿に入った。炎が各所から上がっているとはいえ、母と共にいたいと願った。

「スミカ？　なにをしているの、逃げなさい！」

「ははさまといる。ははさまといっしょがいい」

「ははさまは、大切な品を探しています。見つけたら、すぐに戻ります。さあ、スミカは外へ」

　背後で、ばりばりと壁が崩れた。建物の中に、長くはいられないことを暗示している。

「逃げなさい、スミカ。思いっきり走って、跳ぶのです」

「とぶ？」

「ええ。あなたには、力があります。一歩跳べば、他人の五歩は進むでしょう。おもしろいように進みますよ、きっと」

「ええ、とても。天まで駆け跳べるかもしれませんね、スミカならば」

母は、こじかの目の前でぱちんと手をたたいた。すると急に身体が軽くなり、跳べるような気がした。

一歩、二歩。三歩。

炎の海を、こじかは踊るように跳んだ。

「ははさま、すてき。楽しい！」

「その調子で。外に出て、もっと広いところで跳んでみなさい」

「はい、ははさま」

すっかり気をよくしたこじかは、火に包まれた館から勢いよく跳び出て庭を跳び回った。

初めて国司館の上空に出た、幼いこじかは夢中になった。立ち上る煙から解放され、息を胸いっぱいに吸い込む。川を跳び越える。高い木についた葉っぱや実を懸命に集める。

どれぐらい、そうしていたのか。

ばりばり、と淡海の町が焼け落ちる音が聞こえ、ようやく我に返った。館も、国庁も、市も集落も灰になった。

「ははさま！」

こじかは館に駆け戻ったが、遅かった。母は館とともに火に巻かれた。しかも、母が火を付けたことになっている。どうして、離れてしまったのか。母は、羽衣で火を消そうとしていたのに。そう言っても、誰も相手にしてくれない。

暗い笑みを浮かべた少女とすれ違った。

ようやく、思い出した。母が言い争っていたのは、ゆきによく似た少女。

淡海の『淡』という字には、「水」と「炎」が隠れていることを知った。

「こすずさん、こちらです！」

舞姫たちの声が聞こえた。こじかは我に返った。出口が近い。

「これ以上は危険です、お戻りください！　衣の切れ端、こちらにもう一枚ありました」

ほかにもなにか叫んでいるようだが、火のせいでよく聞こえない。

あのときの記憶が、還《かえ》った。

九年前に国司館が焼けたとき、ゆきは何歳だったのだろうか。童女を務められるような、幼い年齢ではないことは確か。十四のこじかよりも、年若く映るのに。

舞姫たちの声に励まされたこじかは、こぼれた涙をごしごしと袖《そで》で拭《ふ》き、息を止めて火を越え、五節所を脱出できた。

いっせいに、舞姫たちがこじかを取り囲んで、火から遠い、安全な場所まで運んでくれた。

「ありがとう、助かった……」

もう、火に対する恐怖心は消えていた。

「ごめんなさい。あまりにきれいな布だったから、いただいてしまえと懐に入れたの。褥の下に敷いたっていうのは嘘《うそ》」

受領の舞姫が、震える手で握り締めた羽衣の切れ端を、おそるおそるこじかに返してくれた。こじかは羽衣を抱き締める。淡海の国司館が燃えたとき、母が命を賭《か》けて探していた品。知らなかったとはいえ、四つに破って分けてしまったなんて。

「返してくれてありがとう。これは、大切な母の形見」

顔を歪《ゆが》めた受領の舞姫は、こじかに頭を下げた。罪悪感からなのか、それとも煙いのか、目には涙をためている。

「大切なものを、ごめんなさい。こすずさまに問い質《ただ》されなかったら、黙ってもらって帰ろうとしていたの」

「終わったこと。だいじょうぶ、気にしていない。それより中納言家の童女の、ゆきは？」

見渡したけれど、姿が見えない。火を消そうと、人が集まりはじめているのに。

「そうね、いないわね」

「滝口《たきぐち》の陣《じん》へ、火事を知らせに走ったのでは」

「それにしても長いこと」

「まさか、ひとりで逃げた？」

あれを放っておいてはならない。ゆきは、北の天狗。都に仇《あだ》なす、危険な存在。この国を揺るがすためには、内裏に火を。そして始末するべきは帝《みかど》、さらには東宮だと信じている。

「私、捜してくる」

帝や宮が危険だ。こじかは鈴を鳴らして踵《きびす》を返した。

ゆきと出遭えば、きっと宮は持ち前の明るさと話術で、ゆきを手なずけようとするだろう。だが、ゆきは狡猾《こうかつ》だ。

「こすずさま、東宮さまを？　それとも」

「内裏にいる人を全員、避難させる。みなも、火から離れて手当てを受けるように」

これで、中納言家の羽衣だけが見つからなかったことになる。仕方ない。羽衣に、火を消す力が残っていれば、と祈る。こじかは短くなってしまった羽衣を結び合わせ、懸命に振る。振り回す。火よ、衰えてしまえ。消えろ。なくなれ。

こじかはひとり、宮中を歩く。紫宸殿《ししんでん》にいる帝の安否、それに宮の無事を確かめるために。それ以上に気になるのが、タケルのこと。突然の大火に、必死で鎮火の対応に当たっているに違いない。羽衣を広げて振って参戦したい。助けたい。

こじかは駆け、跳んでいた。風に乗り、火を弱めてゆく。武士たちが驚いた顔でこじかを見上げているが、構っている暇はない。

跳べ。羽衣を振れ。

少しでも高く、遠くへ。

見られたっていい。驚かれたって、知らない。腕の力がなくなるまで、羽衣を振って振って振りまくれ。火を消せ。

「アカツキ!」

宮の姿は間もなく発見できた。多くの従者に守られている。ついでに言うならば、帝も一緒。避難の途中だった。これならば、心配なさそうだ。こじかは頭を下げた。

「おお、こじか。無事だったか」

突然、ふわりと上空から舞い降りたこじかに動揺もしない。近侍の者たちには驚きが走っているものの、さすが宮。

「アカツキこそ、無事でよかった」

「我《わたし》は昼夜問わず、万全の警護体制だからな。鬱陶《うっとう》しいほどに」

それを聞いて安心したこじかは再び跳ぼうとしたところ、宮に止められた。

「待て。どこへ行く。存分に跳べるこじかとはいえ、内裏は、危険な状態。許さない。我のそばを離れるでない」

「いいえ。いくらアカツキの願いでも、私は行く」

「許さない。これは東宮命令だ。こんなに汚れて。舞姫の名が泣くぞ」

そういうと、袖でこじかの顔を拭いてくれた。しっとり、やわらかい肌心地の練絹と、たっぷり焚《た》き染《し》められた宮の香は、焦っていたこじかを落ち着かせた。煤《すす》やら灰やら、こじかの流した涙やらで汚れてしまった袖を見て、宮は苦笑した。

「拭いてくれて、ありがとう。でも、タケルの身が心配だ。タケルがどこにいるのか、知らないか？」

「タケル中将は、現場の指揮を執っているだろう。もっとも火の回りが早い場所で。近づくな」

「現場？　火の回りが早い？　それは、五節所か」

「なに。やはり、火もとは五節所」

宮を含め、周囲の者がみな、五節所が置かれている常寧殿《じょうねいでん》のほうへ視線を動かした。

なおも火柱が上がり続けている。歩き回っている間に、タケルと入れ違ってしまったようだ。

「童女のひとりが火を投げた。中納言家の童女、ゆき。童女御覧で氷の襲《かさね》を着ていた、白の童女が犯人だ」

犯人は童女と聞き、宮は驚いている。こじかは話を続けた。

「あいつ、内裏を焼こうとした。私は見ていた。その場にいた。止められなかったことが悔やまれる。せめて、被害を食い止めたい。五節所へ戻る。あとはタケルに指示を仰ぐ。アカツキは、このまま帝とともに避難してくれ。ゆきが行方知れずなんだ」

「だめだ。こじかを置き去りにして、逃げるなんてできない」

「私は、この脚でいつでも逃げられる。置き去りではない」

「だめだ、だめだ。我は、そなたを妃《きさき》にすると決めた。命に背くのか」

強い力で、こじかは宮に肩をつかまれた。

こじかの答えは、すでに決まっている。

「タケルの無事を確かめたい。タケルを助けて火を消さなきゃ」

「お前が行って、足手まといになるとは考えないのか。こじかは、ただの舞姫でしかない」

肩の上にあった宮の手を、こじかはぱっと振り払った。

「できることは、きっとある。止めるな。ゆきだって、ほんとうは内裏を焼きたかったのではない」

強硬な態度に出たせいか、近侍の者の態度が硬化した。鋭い視線を感じた。それでも、こじかは自分の気持ちを貫いた。タケルの力になりたい。

こじかと宮は、しばし睨《にら》み合う。じりじりと。

先に視線を逸《そ》らしたのは宮のほうだった。

「……さっさと行け。面倒だ」

あきれたように、宮は突き放した言い方をした。こじかが動きやすいように、わざと冷たく。

「ありがとう、アカツキ！　私、必ずタケルの力になるよ。これ、アカツキにやろう。五節の舞のとき、舞姫が身につけていた燃えない衣、天の羽衣だ。さあ、帝の分も」

「これは、火に跳び込もうとしているこじかにこそ、必要なものではないのか」

「もう一枚ある。だから、平気」

　畳紙《たとうがみ》ほどの大きさしかない羽衣を、こじかは振って見せた。背後で伸びている炎を受け、なおも羽衣はあやしく輝いている。

「それと。もし、ゆきを見つけても、すぐに処分しないでおくれ。ゆきは天狗《てんぐ》に操られていただけで、仕方なくやったことなんだ。頼む、許してくれ」

「……とにかく、終わったら戻って来い。そのときまで羽衣を預かろう」

　宮に頭を撫《な》でられた。裳着《もぎ》のお式のときにいただいた、かもじを捨ててしまったせいで、髪は短くなり、焼け焦げて煤けているのに。手が汚れ、臭いもついてしまうのも厭《いと》わず、宮はこじかを慈しんだ。

「ありがとう。私、アカツキに求婚されて困った。でも、うれしかった。けれど、それ以上にタケルが好きだ。タケルに恋をするなという、過日の約束は果たせそうにない。ごめん」

「贅沢《ぜいたく》なやつだな、こじかは。必ず帰るのだぞ、ここへ。見た目はひどい有様《ありさま》だが、今のこじかは誰よりも輝いていて、うつくしい。明日の豊明の節会での舞も楽しみにしている」

　返事ができなかった。節会など、できるはずないのに。宮はこじかを待っていてくれるらしい。かすかな笑みを返すのがやっと。戻らない、気がした。

こじかは腰を落とし、勢いをつけて地面を蹴《け》った。振り返らない。

跳ぶ、跳ぶ、跳ぶ跳ぶ跳ぶ。

風を切り、舞い、跳ぶ。

タケルが大切。失いたくない。

こじかは、タケルに恋している。止められない。

これ以上ないというほどに、こじかは素早く駆け跳んで戻ったはずなのに、五節所は焼け落ちようとしていた。遠巻きに、舞姫たちが五節所を見ていた。

「消火の指示を出しに、タケルいや頭中将が来なかったか？　ゆきは見つかった？　ここは危ないから、もっと下がったほうがいい」

「こすずさま！」

炎に照らされたなでしこの顔は、青ざめていた。ほかの舞姫や童女も同じように震えている。火が怖いだけではないことが、すぐに伝わってきた。

「童女がひとり、火の中に取り残されているようだと知らせがあり……それを、頭中将さまが捜しに行ったきり、出て来ません」

「タケルが？」

こじかの目の前で、柱がまた音を立てて焼け崩れた。じりじりと火の粉や灰が舞う。

「ゆきは死ぬつもりだ。タケルは……やさしいから、放っておけないんだ。死のうとしている人がいれば、己の身をかえりみず、助けようとしてしまう」

「母さま、どうか勇気をください。あの火に跳び込む勇気を。

「なにをなされます！」

悲鳴を制し、こじかは脚もとに置いてあった桶《おけ》の水を頭からかぶった。炎に包まれているとはいえ、十一月の夜は冷える。一度だけ全身がぶるると震えたが、心が限界まで張りつめているせいか、それ以上の異変はなかった。

舞姫たちは、これからこじかがしようとしていることを察知し、腕や脚にしがみついた。

「いけません、こすずさま」

「おやめになって」

「行かないで」

止めてくれるだけで、ありがたいと思った。初対面のときは、敵対さえしていたのに、この身を案じてくれるなんて。

「ありがとう、みな。いつか、また会おう」

それが、舞姫たちが聞いた、こじかの最後の声になった。

跳ぶたびに、衣に火が移る。こじかの細い身体《からだ》は火傷《やけど》だらけになっていた。せっかく伸ばしはじめた髪も、残念ながら毛先が焦げはじめていた。羽衣を振り上げて火を払いのけるものの、すぐにまた新しい火がこじかを襲う。

熱い、という感覚は麻痺《まひ》していた。汗も涙も出ない。ただ、息が苦しい。喉《のど》に熱が貼りついている。大声で、いとしいタケルの名を叫びたいのに、それができなくて悔しい。

どこにいる、タケル。

姿をあらわせ、ゆき。

きっと、ゆきはタケルと一緒にいる。本来ならば、右大臣家の兄妹《きょうだい》。都でいちばん恵まれた兄と妹だったのに。兄が位人臣を極めるならば、妹は東宮に入内《じゅだい》したはず。

それが、狂った。

天狗のせいだ。

「ゆき、返事をしろ！」

目を開くのもつらい。切り離す前の、もとの姿の羽衣ならば、こんな炎はものともしなかったはず。だから、淡海が燃えたとき、母も父に取り上げられて久しい羽衣を必死に探した。

たとえ、自分はどうなっても、タケルだけは助けなければならない。この夜の惨事を招いたのは、自分が舞姫になったせい。タケルには、右大臣家を背負って生きる、重い使命がある。

「ゆ……き」

臨時に設置されている五節所は、さほど広くはない。うつくしかった舞装束が次々と燃えている。大きな炎の向こうに、ゆきの座っている姿が見えた。陶然とした表情で、倒れているタケルを膝上《ひざうえ》にかかえている。叫ぶよりも早く、こじかは迷わず火の中へ跳び、最短距離でゆきの前に立ちはだかった。

「あら、なんてひどい姿。兄さまに見られずにすんで、助かったわね」

「タケルを返せ。息はあるのか。早く外へ」

よく見ると、タケルは手の中にこじかの首飾りを握っている。舞のときに身につけた、母の形見を探してくれていた。

「兄さまは、取り残された童女と、この首飾りを拾うため、火に跳び込んだ。見た目は優美なのに、なんて勇猛果敢なお方」

「ゆきが仕掛けたことだろうに」

「もう、終わる。終わりたい。終わらせてくれ」

ゆきは諦《あきら》めていた。タケルの髪を撫で続けている。

「だからって、タケルを道連れにすることはない。タケルは、多くの人に必要とされている。こんなところで死んでいい器ではない。ゆきも、悔い改めろ。内裏を焼いた罪は消えないとはいえ、私が帝《みかど》や東宮には取りなしてやる」

「お前は知らないのだ。天狗の怖《おそ》ろしさを。淡海で、ぬくぬくと育っていたこじかは。恐怖のあまり、私の身体は成熟できなかったのだから」

天狗に従うしかない暮らしの中で、それでも天狗に抗《あらが》った結果がこの小さな身体だという。ゆきは、成長することを拒否した。

「私、ゆきの苦労は知らないけれど、淡海での暮らしだって、粗末で苦しかった。跳ばないよう、脚に砂袋をつけられていた。火で、母を失った。父には捨てられた。ずっと、終わることのない、ただ働きをしていた。大切な人をまた、火で失いたくない」

タケルを返してもらうために、こじかはゆきに体当たりをした。手荒だったが、ここには一瞬たりとも長居できない。ゆきは疲労しており、反撃してこなかった。あっさりと床に倒れる。

「こすずという私の名を奪い、兄さまも奪うのか」

「名前は返す。私は、こじかでじゅうぶんだ。母君は、ゆきのことを深く思い、待っている。内裏を出たら、邸《やしき》へ帰れ」

できるだけ、やわらかく伝えたはずだが、ゆきは鼻で笑った。

「内裏を焼くには焼いたが、こんな一部分だけでは明らかに失敗。貴族どもの邸宅も根こそぎ、都すべてを焼亡させるはずだったのに。宮中を出た途端に、私は天狗に抹殺される。帰れるものか」

「ゆえに、死を選ぶと」

「そうだ。兄さまとともに」

ゆきは即答したあと、がくっとその場でうなだれた。破滅を夢見ているのか。息苦しいのかもしれない。

「ふざけるな。諦めるにはまだ早いぞ、ゆき」

こじかは決めた。タケルを助け、ゆき……こすずも救おう、と。決心したこじかは、素早く行動に移る。

タケルは生きていた！　かすかに胸が上下しており、息もある。前後不覚に陥っているゆきの状態のほうが危険かもしれない。

右脇にタケル、左にゆきをかかえ、こじかは跳ぼうとした。この先、二度と跳べなくなっても構わない。両眼を大きく見開き、歯を喰《く》いしばった。

ふと、こじかの爪先《つまさき》に、とうとう見つからなかった羽衣の切れ端が落ちているのに気がついた。ゆきが持っていたのか。こじかは、落ちていたほうをゆきの首もとに巻き、自分が持っていた一枚をタケルの首にくくりつけた。これで、多少は火から守れる。火は消せなかったが、このふたりだけは必ず助けたい。

助走をつけたこじかは、一気に空を目指して舞った。どこか、火のないところへ落ちればよい。ぐったりとした両脇のふたりは重く、支えているこじかの手がちぎれそうになるものの、絶対に落とすわけにはいかない。

五節所を抜けたこじかは、後宮を大きく飛び出して宴《えん》の松原《まつばら》という場所に墜落した。宮中の一部だが、この空き地には建物がなく、一面が松の林に覆われている。昼間でも薄暗いので、人があまり近寄らない。

風に乗りつつ、松の枝にひっかかりながら地面に着いたので、たくさん引っかき傷を作ってしまったが、いくらか衝撃は和らいだはず。

「タケル！」

火こそついていないけれど、黒の袍《ほう》はひどく焼け焦げている。けがも心配だ。

「ゆき？」

顔色が悪い。しかし早く逃げなければ、天狗の追っ手が来るようなことを口にしていた。次第に人の声が近づいてくる。五節所の現場から、跳んだこじかについて来た役人たちのものだろう。

こじかの頬を、ぽたぽたと打つものがあった。天を見上げると、それは雨粒だった。火はまだ収まっていない。鎮火につながる恵みの雨になればうれしい。

一瞬だけ迷ったものの、こじかはゆきをかかえた。

ゆきの身体は、年上と思えないほどに軽い。タケルは、役人たちに任せよう。タケルには味方がたくさんいるが、天狗《てんぐ》に操られているゆきはどうだろうか？

最後にもう一度だけ、こじかはタケルの冷えた手に触れた。首飾りをしっかりと握っている手とは反対の手を。

「これまで、ありがとう。ゆき……こすずのことは、私に任せて」

……タケルのことがすきだ。こじかを、忘れないでいて。

付け加えたかったのに、煙で喉がやられてしまっていて、それ以上はことばにできなかった。タケルの瞼《まぶた》が、ぴくりと動いた気がしたものの、こじかは先を急いだ。

こじかは、ゆきとともに雨の降り注ぐ都から姿を消した。

# 五章　帰郷

ほかに行くあてもない。こじかは故郷の淡海《おうみ》へ戻った。

こじかは、舞姫候補として暑い時季に出立したが、季節は冬になっていた。朝の日の出は遅く、夕方の入りは早いので、明るいうちにさっさと動かないと仕事が終わらない。寒いだの冷えるだの、愚痴をこぼしているゆとりはいっさいなかった。

「ほらほら、いつまでそうしているのさ。自分の食い分ぐらい、働けっての」

アケノは相変わらず手厳しい。懐かしさを感じているひまもない。

「はいはい。身を削ってでも動くよ」

「そうだよ。しかも、ひとり増えたときた」

宮中が燃えた夜、ゆきをかかえたこじかは、一晩で淡海の国司館へ跳んで帰った。

しばらく動けなかった。

三日ほど高熱が続き、飲まず食わずでうなされながら寝込んでいた、とのこと。先に目が覚めたゆき……いや、こすずが世話をしてくれたという。

「都が燃えたって聞いたときは、まさかいくさでもはじまるのかと思って驚いたのに、放火なんてねえ」

「しかも、東宮さまに求婚されたうつくしい舞姫が、犠牲になって焼け死んだとか。五節の舞姫から入内だなんて大出世だったのに、もったいないことをしたもんだ。かわいそうだねえ」

アケノとタツミの噂話《うわさばなし》に口を挟むこじかではない。ふっと、かすかに笑うのみ。

「おい、こじか。あっちにも油を運んでおくれ」

「はい」

こじかは、立ち上がった。

その身体は、いまだに火傷だらけで見られるものではなかった。

焼け縮れた髪は、尼削《あまそ》ぎどころか短く刈ってしまったので、頭に布を巻いて隠している。

体調も万全ではない。腕に力が入らない。

とはいえ、食べてゆくには働くしかない。こじかは床上げをした日から、せっせと働いた。館《たち》はもともと人手不足。ただ働きは大歓迎。

「だけどねえ。あのこじかが、油どころか、火も怖がらなくなった。見かけも中身も、変わるもんだ」

「それに、都みやげどころか、小さなお姫さんを連れて帰ってくるなんて」

「その娘はうつくしいから、高く売れるんじゃないか。館の男どもが、さっそく色目を使っているよ」

「縁起でもない。その娘は、私の身内だ」

人が変わったように見える。淡海に帰ってきたあと、こじかはそう評された。

確かに、火は克服できた。油を運んでいても、怖くない。脚に砂袋をつけていなくても、穏やかでいられる。舞姫を務め上げた成果と呼んでいい。そして、タケルのおかげ。

ゆき……タケルの妹・こすずは、淡海で目覚めたとき、ゆきだったときの記憶をすっかり封じ込んでいた。

天狗に攫《さら》われた三つのときより、時が進んでいないかのような振る舞いをした。こじかより年上のはずだが、それこそ童女《わらわ》のように幼く、ひどく愛らしい。守ってやりたくなるほどに。こすずは目立った外傷こそ負わなかったけれど、大きなものを失っている。

「姉さま」

そう、こすずは十四のこじかを、姉だと信じ切っている。今のこすずには、こじかが必要。こじかも、他人を受け入れることを知った。

天狗の追っ手がかからなかったことも、幸運だった。もし、追われていたら、身体《からだ》がぼろぼろになったこじかでは、戦えなかった。

できればこのまま、淡海で静かに過ごしたい。都や天狗に惑わされず、落ち着いた暮らしを。

なのに、タケルのその後も気になってしまう。都を、黙って去ってしまった。火傷《やけど》は癒えただろうか。

宮中は立ち直っただろうか。

舞姫たちが受けた心の傷は、いつか癒えるだろうか。

宮に求婚されたことも、そのままになっている。こじかには、淡海以外行くあてはない。宮が本気で捜そうとすれば、無力なこじかなどすぐに見つかってしまうはず。心配や不安は尽きない。

しかも、父から謝罪のことばを引き出せなかった。こじかへ羽衣を返してきたことで、態度はやわらかくなったとはいえ、父は母のせいで出世の道を断たれたと恨んでいた。

「どうした、こじか。目が怖い。怒っている？」

こすずが、こじかの顔色を窺《うかが》った。

天狗の思惑《おもわく》に巻き込まれ、操られていたこすず。右大臣家ではなく、次に身分の高い中納言家の童女として送り込まれたのも、天狗の策に違いない。

もし、ゆきが右大臣家の童女だったら、派手なこじかの下で霞《かす》んでしまうし、なにより正体を知られてしまうおそれがある。そこまで読んでいた天狗は頭がいい。童女御覧の席でのこすずは中納言家の童女として、もっとも目立っていた。帝《みかど》や東宮の至近に侍《はべ》り、大騒動……変事を起こす憂いもあった。

しかし、こじかの心は強かった。母の羽衣も、大切な人たちを守ってくれた。

「ごめん、怒っていないよ。怒りや恨み、負の思いは、なにも生まない。穏やかに、構えずに、楽しくしなきゃね」

館のまわりが賑《にぎ》やかになったと感じたとき、アケノが合図した。

「おーい、こじか。あんた宛ての文だってさ。かわいいご使者さんだよ」

「文？」

驚いたことに、文を持ってきたのは義弟の幸若《さちわか》だった。もともと目端が利いて賢いだけに、さっぱりとした水干を身につけていれば、幸若は貴族の子弟そのもの。

「お久しぶりにございます、こじか姉さま」

そう言って頭を下げる立派なしぐさに、幸若の成長を感じる。つい、こじかは涙ぐんでしまった。

「ありがとう。立派になった、幸若。元気そうだな」

「はい。こじか姉さまのご縁で、今は頭中将《とうのちゅうじょう》さまに仕えています。こちらの文を受け取ってください」

タケルの官職名を聞いて、どきりとしたものの、文の使いが弟では、断れない。

多少、字が読めるようになったので、こじかは届けられた文に一文字ずつ、ゆっくりと目を通した。懐かしい字には多少乱れがあるものの、タケルのものに間違いない。

『淡海の国司館にいると聞きました。こじかの首飾りと、お借りした衣を、お返しに参ります』

こじかが驚いているうちに、先触れの声が聞こえてきた。

「あらいやだ、頭中将さまの車だよ」

「先に降りてきたのは、懐かしい顔。前《さきの》国司さまじゃないか、こじかの父親の」

文は、車の中でしたためたものか。字がぶれているように見えたのも納得できた。

「幸若、頭中将さまがこちらへ来るの？　父も？」

「ええ。すでに、すぐそばまでおいでです」

とっさに、こじかは逃げようと考えた。こすずを連れて。逢《あ》いたい。だが、逢うべきでない。内裏が焼ける原因を作ったのは、こじかとこすず。

けれど、どこへ逃げよう。こじかには、行く場所がない。下手に山へでも逃げ込んだら、それこそ天狗につかまえられてしまうおそれがある。隣にいたこすずに視線を送ったものの、こすずはいなかった。捜さなければ。こじかは脚に力を込めたが、ためらった。

実は、こじかの、脚に宿った力は涸《か》れている。

淡海に着いたあと、何度も跳ぼうとしたのに、やや大きい水たまりを越えるのがやっと。つまり、両脚に砂袋をつけられていたころと同じ、常人のそれだった。

舞姫としての働きはもうできない。タケルを失望させたくない。とにかく騒がれる前に、自分は館にいないことを早く伝えてもらわなければ。

「なにを迷っているんだい」

アケノの声が降ってきた。

「あの牛車《ぎっしゃ》の主《あるじ》があんたの兄さんだって話したら、こすずは駆けて行ったさ」

「なんだって」

「あんたも早く行きな、さあ」

背中を強く押されたが、こじかには自信がなかった。タケルには逢いたい。無事を知りたい。

しかし、自分が生きていると知れば、宮が黙っていない。入内《じゅだい》だとか、迫られたくない。

こじかは、いなくなったほうがよいのだ。このまま、焼け死んだことになっていたほうが都合もよい。

「あの若さまも、あんたに会いたいんだよ。都みやげでも、ふんだくってきなよ。美良《みら》やあたしの子どもの墓を、国府でいちばん眺めがよい場所に作ってくれるんだろ？　あんたの働きだけじゃ、一生かかっても建ちそうもない」

「アケノ……」

「それに、こじかは会いたくなくても、こすずとかいうあの子はいつまでも淡海に置いておけないよ。貴族の姫さんなら、早いとこ都へ帰してやんな。待っている親だっているんだろうに」

意地悪な人だと思っていたアケノなのに。やさしかった。

「じゃあ、アケノ。きれいな表着《うわぎ》を貸して」

初めて逢ったときのように、こじかはタケルと対面することになった。

ひと足早く、兄と対面を果たしたこすずは、興奮し過ぎて頭に血がのぼったのか、倒れてしまい、別室で休んでいる。様子を見に行ったが、すやすやと寝息を立てていたので、そっとしておいた。

「ようこそ淡海へ。久しぶりだな、タケル」

御簾《みす》の向こうにいるはずのタケルに、こじかはなるべく明るく挨拶《あいさつ》をした。なのに、なかなか返事がない。よく聞こえなかったのかもしれない。こじかがもっと大きな声で話しかけようと息を吸ったとき、ようやく返事があった。

「こじか、やはりこちらにいた。無事なのですね」

「見れば分かるだろう。私は、もちろん元気だ」

こじかは嘘《うそ》をついた。心身ともに、疲労が残っているにもかかわらず。

「そうしたいのですが、見えないのです。こじか、そなたの姿がわたしの目には映らない。ごくごく近くのものならば見えますが、遠くに離れたものがよく見えないのです。火事の煙で目をやられてしまい、ものを視《み》る力が弱くなってしまったようで」

思いもしなかったことばが返ってきた。

「……目を、やられただと？」

「情けないでしょう。無謀にも、出火もとの五節所《ごせちどころ》に、突っ込んだ結果です」

この事実を知り、驚いたこすずは倒れてしまったに違いない。一度は、ともに死のうとまでしていたのに。

過激な天狗《てんぐ》の一味だった、ゆき……こすずらしくない。それだけ、あの火事を起こした責任を感じたのかもしれない。

こじかは這《は》ってタケルのそばに寄った。ちりちりと、足首につけた鈴が小さく鳴る。

「懐かしいですね、その鈴の音は」

見えなくても、音はよく聞こえるようで、タケルは反応してくれた。こじかは迷わず一気に御簾を掲げる。無礼だと、怒られても構わない。

両目を、白い布で覆ったタケルが座っていた。

「ああ……」

叫びのような、呻《うめ》きのような短い声がこじかの唇から漏れた。その場に、へたり込む。

「私のせいで」

「こじかのせいではありませんよ」

燃える五節所からタケルとこすずを救い出したとき、行く場所のないこすずをとっさに選んだことが悔やまれた。

急いでいたとはいえ、せめて近くにいた役人に知らせてタケルを引き渡せばよかった。少しでも手当てが早ければ、こんなことにはならなかったかもしれないのに。

「身の回りのことを、幸若に手伝ってもらっていますが、まったく見えないわけではないんですよ。ただ、治療と養生が要るという話でしてね」

「私のせいだ！　タケルは、右大臣家の跡継ぎなのに」

悔やんでも悔やみきれない。こじかは自分の無力さをひしひしと感じた。

「責めないで。こじかには、けがはないのかい？　あれからしばらく経《た》ったけれど、癒えていない傷などないか、宮からもよく訊《き》いてくるように言われています」

「……アカツキは、元気か」

「宮さまは、お変わりありませんよ。ただ、後宮を中心に内裏が焼けてしまったので、帝とともに二条の別邸へ移られました。あの夜、こじかは火を消し止めようと動いてくれましたね。鎮火につながる雨が降ったのは、舞のおかげだと評判になりました。ありがとうございました」

お礼をされるほどのことはしていない。こじかは首を横に振って否定した。

「力が足りなかった。最終日の豊明の節会もだめにしてしまった。ほかの舞姫たちは、どうしている？」

「中納言家の姫は、女官として出仕することが決まりました。宮中へ戻れば、会えますよ。あとのふたりは、婚儀が決まったようですね。ねえ、わたしが今、話したいのは宮たちのことではなく、こじかのことですよ。さあ、手を」

タケルの右手が、宙に舞った。こじかの手を探している。こらえきれず、こじかはタケルの手を両手で握った。きゅっと。

「タケル、ごめん。すまなかった。守れなかった」

「ああ、こじかの手ですね。これは、傷……火傷《やけど》の痕《あと》ですか」

傷痕に気がついたタケルは、こじかの手の甲をさすった。

「こんなの、タケルの痛みに比べたら、どうってことはない」

「初めて逢ったときよりも、肌はなめらかになっているのに、傷を残してしまうなんて。都へ連れて行くべきではありませんでした」

「いいや、違う。私は、タケルに出逢《であ》えてよかった。傷ついたって構わない。私は、生きている。跳ぶ力も失って、役に立たないただの赤ちゃんこじかに戻っただけ」

「こじかは苦しみましたね」

タケルの手はこじかの頭を撫《な》でた。あたたかい手は、こじかが待ち望んでいたものだった。

「妹を、助けてくれてありがとう。火の中で、かすかにふたりの会話が聞こえました。こすずが生きていたなんて驚きましたが、あんな状況でこすずとわたしをかかえ上げるなんて、さすがですよ。こじかの力は、わたしたちが使い果たしてしまったのですから、謝るのはわたしのほう。これを、お返しします。ありがとうございました」

差し出された首飾りと、千切れた羽衣。どちらも母の形見。お礼を述べて受け取ったが、目の前がぼやけて霞《かす》む。涙が込み上げてきた。

「タケルは、どうしてやさしいんだ。もっと突き放してくれたほうが、ラクなのに。新嘗《にいなめ》祭《さい》を台無しにしてくれたと、お前のせいで目の光を失ったと、死ねと責め立ててくれたら、どんなにか」

「死ぬには、まだ早過ぎますよ、こじか。わたしには、あなたに伝えることが……」

そうタケルが言いかけたとき、こじかの背後に、もうひとりの気配があらわれた。

こじかの父・前《さき》淡《の》海国司だった。

「お話し中、申し訳ない」

非礼を謝りはしたものの、父はこじかたちの話に割り込む気満々である。

「どうぞこちらへ」

タケルは、にこやかに父を誘った。

「やや、頭中将さまと同席など、まったく恐縮でございますが」

「そう言うな。行きの牛車も、ともに乗ってきたではないか」

父が頭を下げた。

「こんなやつと同乗してきたのか。悪趣味な」

「わたしがお願いしたのです。前淡海国司が、館《たち》へ行くという噂《うわさ》を聞いたのでね。そうだろう？」

タケルはわざとらしく咳払《せきばら》いをした。同意を求められた父は、さらにかしこまった。よく見れば、頭には白いものが交じっており、初老といった風貌《ふうぼう》である。

「こじかの舞を、ひそかに見させてもらった。すばらしい舞だった。今日は……その、謝罪を。以前にも話したが、もっと詳しく教えておいたほうがよいと思ってな」

顔を上げた父は、泣いていた。

不意を突かれたこじかは、父の涙に胸を射られていた。動けない。

待っていたことばなのに、いざ向き合ってみると息が詰まりそうになる。まして、泣かれてしまっては、罪悪感に包まれてしまう。軽い怒りさえ覚えた。

「泣くなんてずるい、父親のくせに！」

「こじか、落ち着いて聞きなさい」

知らず知らずのうちに、身体《からだ》が震えていた。つないだ手から、こじかの動揺を悟ったタケルは背中を何度も撫でてくれた。

「父の味方をするのか。まったくタケルってやつは」

「そなたの父上だけが面会を言い出しても、こじかはきっと会わなかったでしょう。わたしは、ただのつなぎ役。踏み台ですよ」

「タケルとの話が途中だったのに」

こじかは不満をつぶやいた。

「わたしとの話はあとにしましょう。さ、父上の気が変わらないうちに、こじか」

「タケルが……一緒に聞いてくれるならば」

「もちろんですよ。よろしいですか、前国司？」

「は、はい」

父の、語りがはじまった。

＊＊＊

以前、かいつまんで話したが、あれでは自分に都合のよいことしかしゃべらなかった気がする。

大量の仕事に詰まってしまい、俺は国庁を出た。ひとり、散策していたときのこと。

夏の、蒸し暑い日。

俺は、まだ若かった。淡海国に善政を敷きたいと躍起になっていたが、ほんのいっとき、仕事から離れたくて従者も連れずにひとりで歩いていた。もちろん、すぐに戻るつもりでいた。

瞬間、なにかが光った。目を凝らす。強い陽射《ひざ》しゆえの錯覚かと感じたが、違った。淡海の砂浜で、天女が降り立ったのを見た。

天女は、着ていたうつくしい衣を近くの松の木の枝にかけ、水浴《みあ》みをしていた。思わず、天女を欲し、衣を懐の奥に隠した。水から上がった天女を攫《さら》った。天女は衣を失って困っていた。衣を探すふりをして、夫婦になった。

おそらく天女は、衣を隠したのは誰か知っていたのだろうが、なにも言わなかった。

やがて天女は身籠《みごも》った。天女は美良という名だった。西のほうから来たとだけ聞いた。俺も、都に妻子がいる身ゆえ、お互いのことは話さなかった。

生まれた子は娘……お前だ、こじか。美良は、こじかを『スピカ』と呼んだ。どんな意味なのかと聞いても、教えてくれなかったが。

大きな病やけがもなく、こじかは成長した。

任期が切れ、都へ帰ることになったが、美良と娘は連れて行けなかった。都の本妻はひどく嫉妬《しっと》深い。必ずや面倒なことになると思った。

美良はうつくしかったが、世間知らずの女だった。あとで迎えに来るとしつこく言い聞かせ、ひとりで帰ろうとしたところ、国司館は放火に遭った。都へは連れて行ってもらえないことを知った美良が、腹いせに火を付けたらしいと噂になった。その美良も、焼け死んだ。

国庁を全焼させた罪で、無役の散位が長く続いている。あの女、美良のせいだ。あいつは天女などではない、鬼だ。地獄の悪鬼、天狗《てんぐ》の類い。そう信じ、俺は長く恨んでいた。

＊＊＊

「こじか、悪かった。この通りだ」

なんとなくは、感づいていた。かつての母は、羽衣を持っていた。光を映して輝く、燃えない羽衣。母に、跳べと言われて跳べたこじか。

「母は、天女なんかではない。鬼でもない。西から来た、天狗だ。ずっとずっと向こうの西、遠くの国から来た、碧《あお》い目の、外《と》つ国の人」

「それに、淡海を焼いたのは美良ではありません。私よ」

「こすず！　起き上がってだいじょうぶなの？」

別室で寝ていたはずのこすずが、姿を見せた。顔色がまだ青いけれど、こすずはこじかの制止を振り切った。

「兄さま、こじか。童女のふりをしていて、ごめんなさい。もうやめる。淡海が焼けた日に、美良を惑わしたのは、この私」

「そなたは、妹のこすずなのか？　先ほどは話もできなかったが」

タケルは声を大きくした。こすずは曖昧《あいまい》に笑ったまま、次のことばを続ける。

「私も、告白する。兄さまが目を痛め、こじかが苦しんでいるのに、捨てておけない」

声高らかに、こすずは語った。

「美良は、西の天狗。一方、私は北の天狗だった。天狗にも、勢力争いがあって。淡海に潜んでいた西の天狗の土地に、北の天狗が侵入した。それが、淡海国庁の火事」

「そもそも、天狗って、なに？」

こじかはこすずに問うた。

「天狗っていうのは、外つ国の民のこと。帝《みかど》に仕えない民、すべて。私たちの場合は、異国民という意味。北の天狗は、この国よりも北の寒い土地より流れてきた者。火を操るのが得意なの。定まった土地がないから、人から奪ったりすることもあった。ほかの天狗も襲った。その、手伝いをさせられて……」

見た目こそ幼いものの、こすずは語り口も凛《りん》とした姿も、おとなだった。

「舞のときに風が吹いたり、雨を呼んだりしたのはあなたの力かも。稔《みの》りを呼ぶ力」

はじめて聞くことばかりで、こじかは戸惑った。聞きたいことはたくさん心に浮かぶのに、うまくことばが出てこない。こすずは続ける。

「あなたの名、『スピカ』がそれを示しているの。スピカは、西の天狗が使う、星の名。この国では、『真珠星』と呼ぶ土地もある。春に輝く、豊穣《ほうじょう》を司《つかさど》る星。こじかは春生まれでしょ？」

スミカ、だと聞いていた。スピカだったのか。

「こじかは、春に生まれた！　満開の桜の木の下で、夜に生まれた」

父が叫んだ。

タケルに返してもらった首飾りを、改めて見つめる。さまざまな宝珠が連なっているが、その中に真珠もある。白珠《しらたま》とも呼ばれているその真珠は、純真さを持ち続けたこじかにふさわしい。

「こじか。宮さまは、『天狗追討令』のご準備を、進めておいでです」

黙ってまばたきを繰り返し、タケルの話に耳を傾ける。

「いくさもあり得ます。宮中を焼くという暴挙に出た、天狗の脅威を感じたためですが、天狗の血をひくこじかと、天狗に攫われたこすずを守るために。都の、宮さまのおそばがもっとも安全かと。宮さまは今でもあなたをお待ちです。妹のこすずとともに、都へ移りませんか」

それを告げるために、タケルは傷ついた身体で淡海まで来たのだろうか。タケルの提案ならばこじかが断れないことを、宮は知って。わざと。ずるい、宮はずるい。こじかは唇を噛《か》んだ。

「アカツキが、待っているだと？ 私は都を捨てた。宮との約束を破った」

「国司館では、こじかの身を守れません。いくつかの天狗の群れは、いくさを嫌って、この国を去ったとか北へ逃げたとも聞きましたが、果たしてどうなりますか」

こじかは、首を横に振った。

「アカツキの気持ちはうれしいが、応《こた》えられない。舞姫を無事に果たしたら入内《じゅだい》という約束もなしだ。ただ、こすずだけは都の母君のところへ送りたいが」

「ああ、そうですね。母上は喜ぶでしょうね」

「いやだ、私はこじかのそばにいたい！」

すっかり、こじかになついているこすずは、口を尖《とが》らせた。

「そうは言っても、こすずは右大臣家の姫君。わたしと同じ十八なのですから、うだうだしていたら婚期を逃してしまいますよ」

「なに？　こすずは、タケルと同じ歳《とし》なのか」

　ときどき、しっかりとした態度を取るものの、小柄ゆえ、こすずがタケルと同じ歳とは信じがたい。

「このたび、母上に詳しく聞きました。こすずは、わたしの双子の妹です。いにしえより、双子は忌むべきもの。ましてや男女はという理由で、深く捜せなかったようです」

　男女の双子は忌まれる。心中者の生まれ変わりだという根強い説がある。

「都へ上るつもりがないならば、こじか……さきほど、言いかけていた、わたしの願いを聞いてくれませんか」

　タケルはいったんことばを区切った。

「わたしの目を案じて、宮さまは無期限で療養休暇をくださいました。淡海の浜に近い、別邸も貸していただきました。国司館よりは住みやすく、警固もしっかりしています。つきましてはこじか、同行願えますか。この目では、暮らしに不自由なのです。まあ、休暇とは名目ばかりで、実は流罪ですよ。宮中炎上の責任を取らされた形で頭中将のお役目を解かれました」

　とっさのことに、すぐに声が出なかった。

　帝や東宮の覚えがめでたい、右大臣家の御曹司が、流罪？

「私といると、天狗に狙われるかもしれないぞ、危険だ。私はできそこないの半天狗。脚の力もない。タケルの役に立つかどうか」

「こじかは、わたしの隣にいてくれればよいのです。わたしには、こじかが必要です」

「だけど……タケルは、アカツキの妹といずれ結ばれると、宮中の女官が教えてくれたぞ？」

タケルは表情を緩めて笑った。

「そんな話をこじかに吹き込むとは。つくづく後宮とは、怖《おそ》ろしい場所ですね」

「笑いごとではない。嘘《うそ》なのか？」

「噂《うわさ》ですよ、ただの。実際あったとしても、わたしはお断りします。目が癒えて都に呼び返されたとしても、いったんは流罪同然の憂き目に遭った男に、内親王さまはふさわしくありません。このままでは、わたしは生涯ひとり身でしょう」

タケルがやさしくほほ笑んでいる。

目は隠れているものの、タケルの笑顔には変わりがない。こじかはこすずに向き直った。

「なあ、こすず。タケルのために、そなただけでも都へ帰ってくれないか。兄も妹も不在では、母君さまがおかわいそうだ」

しばらく無言だったものの、こすずは納得した様子で目を見開いた。

「ん。こじかの願いなら、私は都へ行く。母上や父上にお会いしたい。兄さまのことをよろしくね」

「よかった、こじか。よかった！　こんな父だが、どうか赦《ゆる》しておくれ。頭中将さまを、しかとお守りするのだぞ」

タケルのお世話をするとは、まだ言っていないのに。こじかは、あふれてくる涙をこぼさないように上を向いた。

「……しっかり休んだら、タケルは都へ帰るんだぞ。いいな、タケル。ひとりで心細いというのならば、仕方ないから私もついて行こう。乗馬を教えてくれるという約束を果たしていないし、都見物だって途中だ。全快して、アカツキを驚かしてやろうではないか。私は焼かれたはずの舞姫だ、そいつがあらわれたら公達《きんだち》どもは目を瞠《みは》って卒倒するかもな」

寒くても、ほがらかな風が渡る日当たりのよい丘。こじかは、思い切り息を吸い込んだ。

淡海と天空が一望できる丘に、こじかは碑《いしぶみ》を建てた。

九年前に起きた、淡海の火事で亡くなった人々のための慰霊碑。大きなものではない。こじかの腰の高さほどの御影石《みかげいし》を父に見つけてもらい、それを置いた。碑には、文字など特になにも刻み込まなかった。知らない人が見たら、ただの石。

父が先頭に立ち、建立を叶《かな》えてくれただけで意味がある。タケルも援助を惜しまなかった。近くの石山寺《いしやまでら》より僧侶を招き、供養をした。アケノは、子の着ていた衣を入れ、これを墓だと思うと言っていた。

無事に碑を建て終えると、父はこすずと幸若を連れて都へ帰った。

都では、正月の除目が待っている。おそらくは、宮と右大臣が口添えしてくれるので、この春からは父もなにかしらの役には就けるはず。仲よくなれなかったとはいえ浅からぬ縁、継母《ままはは》や義姉もいつまでも健やかでいてほしい。弟の幸若は、都と淡海の連絡係を務めてくれるという。

こすずは、母との再会を楽しみにしている半面、恥ずかしいと語ってくれた。なにしろ、十年以上ぶり。再会できるなんてうらやましいことだと、こじかが真顔で言いのけたら、こちらの境遇を悟ったのか、こすずは愛らしい顔を歪《ゆが》めて泣いてしまった。

こじかは、というと。

淡海のほとりに建つ、宮の別邸にタケルと引っ越した。

静かに過ごしたいというタケルの希望で、仕える者は少ない。そのぶん、こじかがせっせと働いている。

邸《やしき》からは、雪をかぶった北の峰々が見える。穏やかな水を湛《たた》える淡海へは、歩いて十歩で届く。以前のこじかならば、邸からでもじゅうぶん跳び込めただろうが、その力はまったく失われたまま。力が戻って来るきざしすらない。

けれど、これでよい。

タケルに返してもらった羽衣の切れ端は、母の形見として父に渡した。こすずにあげたものはどこかへ行ってしまったし、宮や帝に預けたものもそのままになっている。

一度、こじかは宮に文を送ったが、すげない答えが返って来たきり。『そなたたちと交わした約束はすべて反故《ほご》にしてやる。力を取り戻したら都へ来い』、と。跳べないこじかは必要ないと突き放しつつもおそらく、こじかたちに配慮してくれたのだろう。

「少しは座ってください、こじか」

せっせと働くこじかを、タケルはやさしく叱った。

「タケル、寒くないか？　おなかは空いていないか？　足りないものはあるか？」

「こじかが足りません」

笑顔で手招きをされてしまい、黙ってこじかはタケルの隣に腰を下ろした。淡海に面した庇《ひさし》の間に、並んだ。

頬を撫《な》でる風が心地よい。あたたかくて明るい陽射《ひざ》しのもとに、穏やかな湖が広がっている。

「スピカ、というのは不思議な音ですね」

耳慣れない語感。こすずによれば、西の天狗《てんぐ》が使うことばで、乙女が持つ『麦穂の先』という意味。すばらしくて、怖気《おじけ》づいてしまうほどだ。舞姫として豊穣を祈った自分には、縁がある気もする。

「純香《スミカ》も気に入っている」

タケルの考えてくれた名は、こじかの本名となった大切なもの。

「それでもやはり、『こじか』がいちばんしっくりくるんだ」

年が明ければ、こじかは十五になる。

タケルの目がよくなるころまでには、もっと女らしくなりたい。

せめて髪は、肩下ぐらいまでには届くようになりたい。今の髪型では短過ぎて、かもじをつけるのが難しそうだ。

火傷《やけど》の痕《あと》も、減らしたい。タケルのくれた膏薬《こうやく》は手荒れだけでなく、火傷にもよく効く。

仕事の合間や寝る前に、面倒がらずにしっかり塗っている。

きれいな字が書けるようになりたいし、しとやかに歩けるようにもなりたい。気を抜くと、鈴が鳴ってしまう。

タケルは、こじかがどこにいるかすぐに知れるから、そのままにしておいてくださいと笑って言うけれど、十五の娘がしゃらしゃらと音を立てて歩くのはどうか。

「いつか一緒に、国司館の桜を見ましょうと、約束しましたね。この春は、わたしの目が無理かもしれませんが、雰囲気だけでも楽しめそうで、待ち焦がれます」

「私も楽しみだ」

「馬に乗って、遠駆けもしましょう」

「うん、約束だ」

桜が咲くころには、タケルの目も良くなっていることを願い、こじかは頷《うなず》いた。スピカという名の明るい春の星も、きっと見えるだろう。

（了）

【参考文献】

「群書類従　第八輯　装束部 文筆部」塙保己一編　続群書類従完成会
「平安王朝の五節舞姫・童女 天皇と大嘗祭・新嘗祭」服藤早苗　塙書房
「詳解 有職装束の世界」八條忠基　KADOKAWA
「京都〈千年の都〉の歴史」高橋昌明　岩波書店
「ものと人間の文化史160　牛車（ぎっしゃ）」櫻井芳昭　法政大学出版局
「牛車で行こう！平安貴族と乗り物文化」京樂真帆子　吉川弘文館
「源氏物語と平安京―考古・建築・儀礼」日向一雅編　青簡舎
「藤原道長を創った女たち〈望月の世〉を読み直す」服藤早苗、高松百香編著　明石書店
「新装版　京都千二百年（上）――平安京から町衆の都市へ」西川幸治、高橋徹　草思社
「改訂新版　全天星座百科」藤井旭　河出書房新社
「滋賀県の歴史散歩（上）大津・湖南・甲賀」滋賀県歴史散歩編集委員会編　山川出版社
「京都時代MAP　平安京編」新創社編　光村推古書院

# あとがき

はじめまして、藤宮彩貴《ふじみやさき》と申します。このたび、第三回富士見《ふじみ》ノベル大賞にて審査員特別賞を受賞し、めでたく刊行の運びとなりました。正直、まだ夢のようで、ふわふわしています。巻末に、あとがきスペースがありますよというお話を担当さまよりいただき、元来あとがき好き人間ゆえ、よろこんで引き受けましたが、いざとなるとなにを書こうか、さて困惑。ある意味、本文より難しい。

主人公・こじかの名前について。以前、旅行先で車に乗っていたとき偶然、野生の鹿の群れと遭遇しました。鹿って、まっすぐなんです。車が来ても、止まらない。その姿が忘れられません。ひたむきな強さを名前に乗せましたが、鹿にはご注意を。

平安《へいあん》時代風を看板に掲げたものの、あくまで『風』でファンタジー。小難しい決まりごとはなるべく省略してアレンジを加え、少女の成長譚《たん》として読めるように書きました。みなさまどうか、こじかを応援してやってください。

謝辞を。

編集部のみなさま。選んでいただいて、ほんとうにありがとうございます。だいぶ書き直しました。改稿後は、パソコン内のファイルが投稿時よりも約二倍に膨れ上がりました。

表紙を担当してくださった、HxxG先生。可憐《かれん》かつ強さを秘めた主人公のラフをいただいたとき、震えて汗をかきました。素晴らしいイラスト、心の底から感謝です。自分の書いた文章に、世界にひとつしかない絵がつくなんて、最高にしあわせです。

刊行に携わってくださったみなさま、お世話になりました。本って、たくさんの方に支えられて生まれるのですね。これまでは受け取る側でしたが、すべての過程において、とても勉強になりました。今後の活動に活《い》かしたいと思います。

友人知人には、ほとんど内緒で執筆活動をしていたので、受賞を報告したところ、驚かれたのと同時に、こんなご時世に明るいニュースをありがとう、と逆に感謝されてしまいました。うれしかった。黙っていて、ごめん！

実家の母へ。大変なときもたくさんあったけど、育ててくれてありがとう。

そして、小説を書き続ける私を見守っていてくれた家族へ。本ができましたよ、本！

最後に。数多くの書籍の中から、この本をお手に取ってくださって、ありがとうございます。ご縁を大切にして、よく読みよく学び、初心を忘れないよう日々励みます。

令和三年皐月《さつき》　藤宮彩貴

富士見Ｌ文庫

焔《ほむら》の舞姫《まいひめ》

藤宮彩貴《ふじみやさき》

2021年7月15日　初版発行

発行者　青柳昌行
発　行　株式会社 KADOKAWA
〒102-8177　東京都千代田区富士見2-13-3
電話　0570-002-301（ナビダイヤル）

印刷所　株式会社暁印刷
製本所　本間製本株式会社
装丁者　西村弘美

定価はカバーに表示してあります。　◇◇◇



●お問い合わせ
https://www.kadokawa.co.jp/（「お問い合わせ」へお進みください）
※内容によっては、お答えできない場合があります。
※サポートは日本国内のみとさせていただきます。
※ Japanese text only

ISBN 978-4-04-074181-9 C0193